愿得一心人

杨雨讲古诗词

杨雨 著

人民文学出版社

图书在版编目（CIP）数据

愿得一心人：杨雨讲古诗词／杨雨著．－－北京：人民文学出版社，2025．－－ISBN 978-7-02-019145-1

Ⅰ．Ⅰ207.22

中国国家版本馆CIP数据核字第2025GR4923号

责任编辑　董　虹
装帧设计　李思安
责任校对　李　雪
责任印制　苏文强

出版发行　人民文学出版社
社　　址　北京市朝内大街166号
邮政编码　100705

印　　刷　北京中科印刷有限公司
经　　销　全国新华书店等

字　　数　143千字
开　　本　880毫米×1230毫米　1/32
印　　张　8　插页1
印　　数　1—10000
版　　次　2025年4月北京第1版
印　　次　2025年4月第1次印刷

书　　号　978-7-02-019145-1
定　　价　58.00元

如有印装质量问题，请与本社图书销售中心调换。电话：010-65233595

目 录

桃花得气美人中 —— 自序　　001

1	愿得一心人 —— 卓文君	001
2	裁为合欢扇 —— 班婕妤	023
3	恨无兮羽翼 —— 徐淑	046
4	难得有心郎 —— 鱼玄机	059
5	人比黄花瘦 —— 李清照	078
6	雨送黄昏花易落 —— 唐琬	110
7	捏一个你，塑一个我 —— 管道昇	132
8	念畴昔风流，暗伤如许 —— 柳如是	158
9	拼得一命酬知己 —— 董小宛	195
10	更生受东君护惜 —— 顾太清	218

桃花得气美人中
——自序

提笔写这篇自序的时候，正是桂花怒放的十月。

因为气候偏暖的原因，今年的桂花似乎比往年开得晚了些，中秋过去了将近一个月，桂花才"千呼万唤始出来"。而且，说是"怒放"，其实桂花何曾"高调过"？有时匆匆走过一树浓荫，如果不是那一缕幽香随风飘散，你很可能就会错过掩映在浓密树叶中星星点点的桂花，开得低调，却香得醉人。每次都是那缕若隐若现的幽香让我情不自禁慢下了脚步，并且，情不自禁想起李清照的那几句词："枕上诗书闲处好，门前风景雨来佳。终日向人多酝藉，木犀花。"

木犀花即桂花。李清照无疑是酷爱桂花的，她甚至说过桂花"自是花中第一流"。我无法确定在李清照喜爱的那么多花中，桂花是不是她的最爱；但我可以确定的是，以李清照为代表，花应该都是女性所爱，且，尤其是古代才女多以花来投射自身情感、人生体悟和命运图景。由此，我也爱上了李清照形容桂花的"酝藉"一词。按我的理解，"酝藉"一词有三重含义：第一层是内涵丰富深厚；第二层是表达含蓄闲雅；第三层是待人宽和温润。《汉书·薛广德传》评价传主之为人就用到了这个词："广德为人温雅有酝藉。"博览群书的李清照用这个词来形容桂花，实在是为"低调"的桂花赋予了一种深沉而婉转的爱。

由是，我也很愿意用"酝藉"这个词献给本书所讲述的古代十位特别的女子：卓文君、班婕妤、徐淑、鱼玄机、李清照、唐氏（琬）、管道昇、柳如是、董小宛、顾太清。尽管这十位女性的出身、个性、才学、经历等都不尽相同：她们之中有人出身书香门第，也有人沦落风尘；有人婚姻美满，也有人爱情破碎；有人才华横溢颇具叛逆意识，也有人恪守传统伦理堪为古代贤女子典范……她们每个人都具有不可替代的美，也各自创造了不同的人生传奇，并没有一个确定的词语能够概括她们每一个人存在的特殊意义，但是将这十位女子"穿越时空"地聚集在一起，我却最愿意用"酝藉"这个词概括她们呈现出来的整体风貌。这十位奇女子贯穿了从汉代到清末漫长的近两千年历史，她们仿佛是散落在历朝历代的珍珠，各美其美，当她们被"串"成一"串"，又分明勾勒出中国古代女性意识缓慢却又倔强的觉醒历史。

这十位女子中的绝大多数都是中国历史上赫赫有名的才女，除了卓文君、唐琬和董小宛（托名卓文君的《白头吟》和托名唐琬的《钗头凤》其作品署名权尚存争议颇有可疑之处，董小宛则甚少在诗词上用心）之外，大多擅长文学创作尤其工于诗词，都有代表作甚至是作品集传世，她们的人生经历、情绪轨迹和思想历程均有可靠的文字资料可供爬梳，走近她们的精神世界并非难事。在男性占据绝对主流的中国文学史中，她们在夹缝中艰难而坚定地发出了自己的声音，她们不是只存在于男性视角中或仅仅被塑造成男性期待的模样，她们摸索出了属于各自的存在意义，她们呈现出来的精神"范式"直到今天仍然能为当代女性提供源源不断的情绪价值。

卓文君是这十位女子中最"年长"的一位，她是出身豪门的富二代千金小姐，而且恰逢汉代鼎盛的汉武帝时代，无论是社会大环境还是个人出身，她都属于盛世中的幸运儿，拥有相对自由的选择人生的机会与条件。她与汉代第一才子司马相如"自由恋爱"的传奇，甚至成为重要的文学典故被后世文人频频引用。司马相如琴挑文君与文君夜奔相如的故事足够浪漫也足够香艳，但更令人钦佩的是其后的"文君当垆"充分彰显了她的智慧。司马相如尽管才华绝世，在现实生活中却并非一个十全十美的夫君，在卓文君的"培养"和努力下，他才终于告别了贫穷，经营起幸福的婚姻。

当丈夫功成名就开始露出一点心猿意马的苗头的时候,她拒绝内耗,果断与夫决绝,"闻君有两意,故来相决绝",绝不栖栖遑遑拖泥带水;当丈夫回心转意,她又会用自己的宽容去接纳他的不完美。

用原谅代替怨恨,放过对方又何尝不是放过自己呢?!

只有自己先拥有了足够的力量和智慧,才敢爱得全力以赴,才能断得无怨无悔,才会赢得地久天长。"愿得一心人,白头不相离"既是她的爱情愿景,也是女性尊严不容侵犯的高贵宣言。也难怪,这样的女子才会被严谨的历史学家司马迁载入史册,成为《史记》中最具光彩的女性之一并因此名垂后世。

与卓文君的敢爱敢恨相比,稍后的班婕妤命运就要坎坷得多。虽是名门闺秀,奈何嫁入帝王家,从此帝王的一嗔一怒一喜一悲都将左右她的命运。后宫佳丽三千人,看上去个个风光,实则个个辛苦:如果你"有幸"成为"三千宠爱在一身"的那一位"分子",那你就是众矢之的时刻生活在嫉妒的"刀尖";如果你"不幸"成为了那"三千宠爱在一身"的"分母"(三千佳丽中的绝大多数恐怕都只能充当"分母"),那你终其一生只能成为别人的光环下黯淡的阴影,永远不被人看见。你存在着,就如同从来不曾存在过。

班婕妤就经历过从"三千宠爱在一身"的"分子"到"分母"的巨大落差,但班婕妤不同于一般后宫女子的地方在于,她永远高贵，也永远谦逊。当她被皇帝捧在手心集三千宠爱于一身的时候，她不曾得意忘形狂妄不可一世；当她被夺去宠爱甚至被陷害的时候，她也不卑不亢不屑去争宠。

人间清醒的班婕妤，活成了沙漠里的一棵胡杨树，孤独，但绝美。

卓文君与班婕妤都拥有特殊的身份，她们的经历注定不凡，另一位汉代女子徐淑则无论是家世还是婚姻似乎都要平凡得多。但我想，徐淑从来不后悔她以这样"平凡"的姿态来过这人世间一遭，因为她踏踏实实爱过，也踏踏实实地被爱过。造物主创造男性和女性，是要让两性抱团取暖，而不是要让他们彼此怨恨的，徐淑和秦嘉就是"抱团取暖"的一对夫妻。徐淑不会预料到，她和丈夫最平常的一段异地恋，居然一不小心创造了中国历史上最美的异地恋"情书"。因为那些至情至性、至真至美的文字，让我们看到了人性的温暖。

生命不能天荒地老，爱情却可以！

唐朝或许是中国古代历史上最"豪放"的一个朝代，这个朝代的女性似乎又以"不羁"的风情绽放出独特而耀眼的光芒，前有武则天和上官婉儿分别在政坛和文坛大放异彩，后有薛涛在浣花溪畔书写着扫眉才子的绝代风华。而鱼玄机，就像无数曾经做着甜美爱情梦的少女一样，孤注一掷地爱过之后，带着满身伤痕，披一袭灰色道袍，完成了从"一个成功男人背后的小女人"到"台前聚光灯下闪亮的大女主"的转变。尽管，这样的转变，多少带着些置之死地而后生的悲怆，但鱼玄机的悲剧色彩折射出一个女性想要在铜墙铁壁中突围而出的无助与勇敢。

看过鱼玄机的一生，才会理解"易求无价宝，难得有心郎"是多么痛的领悟！

或许，李清照才是那个打破"丛林法则"活出"真我风采"的古代女性的典范。李清照也像所有女性一样细心经营着爱情与婚姻，但也慢慢懂得，爱情并非生命的全部。或者说，无论是一个男人，还是一个女人，首先都要成为一个具有独立精神世界的人，才能有资格、有力量去爱和被爱。

同为宋代女性，陆游的妻子唐琬就要悲情得多。陆游与唐琬的爱情是典型的封建伦理制度下的牺牲品，然而，唐琬的意义在于，她一直活在了陆游的爱情追忆里，让我们看到了爱情世界里最无奈的一面：年轻的时候我们忙着恋爱却又不懂什么是爱情；等我们终于明白了爱情之于灵魂的意义，才发现从指缝中溜掉的不仅仅是时间，还有可以倾心相爱的那个人。

古代婚姻完美的典范也许是元代赵孟頫与管道昇共同为我们诠释的。古代爱情与婚姻往往是"鱼翅"与"熊掌"不能兼得，可是管道昇却凭借自己的智慧、才华当然还有运气，既要到了朝朝暮暮，也要到了天长地久；既要到了婚姻里的彼此尊重，也要到了爱情里的灵魂陪伴。当然，她的聪慧与贤惠或许可以学得到，她的好运气未必人人可以拥有。但，即便没有她那样的好运气又怎么样呢？她在那儿，就可以告诉我们，完美的爱情并不只是存在于虚幻的世界。

只有读到柳如是，我们才发现女人花了一生的时间等待、追求和守望爱情，最后可能终于会明白，爱情之上，还有一种财富弥足珍贵：尊严与自由。"独立之精神，自由之思想"这样崇高的评价，国学大师陈寅恪居然慷慨地送给了柳如是，并且集十年宝贵精力完成了八十多万字的传记《柳如是别传》，让她不仅成为命运的传奇，还成为了学术界的传奇。自古"红颜多薄命"原本是柳如是难以摆脱的命运魔咒，但她居然，凭借不服输的那股子拗劲儿，挑战了命运的强悍，在明末清初的乱世，在荒凉的女性命运图谱中，开出了玫瑰花一般骄傲的美丽。

在这十位女性中，大概董小宛最符合中国传统男性心理期待的红颜知己的模样吧？她的姿容风华绝代，她的性格却又柔情似水；她既是贤淑的妻子，又是孝顺的媳妇儿；她既有着浪漫的才情可以恣意挥洒，又有着过日子的细水长流的俭朴……将才女的"仙气儿"和邻家女子的人间烟火气毫不违和地集于一身，她是董小宛，也只能是董小宛。

每个男人心里都住着一个董小宛，但，世间再无董小宛。

好在，世间还有顾太清。命运暴击人的方式千奇百怪，怨天尤人无济于事，逆来顺受只能让悲剧得逞，铤而走险的结局可能是堕入万丈深渊……无论是对于女性还是男性，只有积聚足够的力量与智慧，才能强势而又从容地对抗命运不断地挤压与揉搓。虽然无论我们如何努力，都未必能活成我们最想成为的模样，但我们一定要活成无怨无悔的模样。我想，顾太清做到了。

不是每个人的命运都能成为历史的传奇，但我们每个人，都可以而且能够谱写属于自己的故事。这十位女子，其实从来都没有希望过自己的命运成为历史的传奇，她们只是努力过好自己这一辈子，不屈从于命运的安排，不甘心尊严被践踏，不妄自尊大也不妄自菲薄，她们经历过春天的姹紫嫣红，她们在夏日的火热中安静等待，她们终于在秋日的霜风里飘出桂花一般酝藉的清香。

每个人的命运都不可复制，我们讲述这十位女性的故事不是为了让我们去重复她们的生命轨迹，但这十位女子的存在让我们看到女性柔弱的身体内蕴含着怎样倔强的力量，她们顽强地生长却又透彻地懂得宽容的价值，她们不轻易低头却愿意交付真情去点燃彼此、去温暖这个世界。正如同柳如是诗中所说"桃花得气美人中"，不是美人如花，而是美人让这个世界如花。

春如桃，夏如荷，秋如桂，冬如梅，在四季里次第开放，不必慌张，不用焦虑，不要内耗，积蓄能量，滋养智慧，丰盈情感，于是，你总会在某一季里，织成繁花似锦，酿成酝藉芬芳。

是为序。

杨雨

2024年10月26日

1 愿得一心人 ——卓文君

歌曲《愿得一人心》在当代流行歌坛颇受欢迎,其中有几句歌词是这样写的:"只愿得一人心/白首不分离/这简单的话语/需要巨大的勇气/没想过失去你/却是在骗自己/最后你深深藏在我的歌声里……"

也许,"愿得一心人,白首不相离"代表的正是当代人对爱情的一种向往,向往"执子之手,与子偕老"的永恒。但其实,"愿得一心人,白头不相离"是一首古老的诗歌,而且,诗名就叫《白头吟》①,据说,这两句诗记录了一个非常动人的爱情故事,故事的主人公是汉代第一才子和汉代第一"白富美"。有这么一种说法:《白头吟》正是出自这位汉代第一"白富美"之手,原诗是这样

---

① 《玉台新咏》载此诗,题作《皑如山上雪》。

写的：

> 皑如山上雪，皎若云间月。闻君有两意，故来相决绝。今日斗酒会，明旦沟水头。躞蹀御沟上，沟水东西流。凄凄复凄凄，嫁娶不须啼。愿得一心人，白头不相离。竹竿何袅袅，鱼尾何簁簁。男儿重意气，何用钱刀为。

"皑如山上雪，皎若云间月"是形容爱情的美好，它就像山顶上覆盖的白雪，没有沾染一丁点儿尘埃；它就像云间的月亮，清澈皎洁，没有一丝阴影。正因为爱情如此纯洁美好，它才容不得任何杂质的玷污。

"闻君有两意，故来相决绝"，接下来的这两句仿佛是本来正在平稳行驶的汽车突然来了一个急刹车：如此洁白的爱情，你竟然忍心用三心二意来侮辱它！既然你对我的爱情已经不像往日那般专一纯粹，那我干脆就主动提出分手，永远断绝我俩之间的关系，免得让你左右为难！

"今日斗酒会，明旦沟水头。躞蹀御沟上，沟水东西流。"斗，是古代用来装酒的酒器。看来，这位女主人公不仅很"文艺范儿"，而且还是一个果敢决绝的"女汉子"。她的爱人变心了，可是她丝毫没有流露出要乞求爱人回心转意的可怜样儿，而是备好酒菜，邀请变心的丈夫最后一起吃一顿分手饭，好聚好散，准备第二天就在沟水边分手。蹀躞，是小步徘徊的样子。看来这个女子身份还不同寻常，他们分手的地方不是普通的小沟小溪，而是环绕着皇宫宫墙的"御沟"，是皇宫的"护城河"。分手后的他们，就像御沟里的水一样，即将各奔东西、分道扬镳，从此永不相见了。

这样看来，这首诗描写的大约又是一个老掉牙的痴心女子负心汉的故事。故事虽然老套，但有心人会发现，写这首诗的女子可真是非比寻常，因为她的口气，一点儿都不像是一个即将被抛弃的弃妇，反而好像是一个站在爱情的制高点、居高临下地主宰着爱情方向的女王。你看，她知道自己的爱人变了心，非但没有哭哭啼啼，哀求丈夫留下，反而主动提出分手，"放爱一条生路"。这是一个多么决绝、勇敢而独立的女子！

接下来两句更了不得："凄凄复凄凄，嫁娶不须啼。"她甚至从自己的爱情悲剧中暂时超脱出来，批评那些出嫁的女孩子们："看看你们那没出息的样子！为什么出嫁一定要悲悲切切地哭哭啼啼呢？"

原来，古代女子出嫁往往都有一个必不可少的程序——"哭嫁"。本来"哭嫁"的初衷是因为女子出嫁从夫，要离开娘家去夫家生活了，为了表达对父母的依依不舍，表达对父母养育之恩的感激，新娘子在离家之前总要啼哭一番。不过，在古代的包办婚姻里，女孩子出嫁前连丈夫是什么样子都没见过，丈夫是貌似潘安还是貌似武大郎？一切都是未知数，因此新娘子的"哭嫁"多多少少还包含着对未知命运的担忧和恐惧。这样一来，"哭嫁"这个象征式的婚礼程序反倒变成真的伤心了。可是，写诗的这位女子却是那么与众不同，出嫁有什么好哭的呢？"愿得一心人，白头不相离。"只要你嫁的是一个一心一意爱你的男子，你们能够在一起"执子之手，与子偕老"，那可真是"岁月静好，现世安稳"了，还有什么值得伤心的呢！看起来，这位女子在她的婚姻里，完全不是一个被动的接受者，而是一个主动的选择者。她不但要自主选择自己的爱人，还要自主地把握爱情的方向。在那样的年代里，"自由恋爱"是何等叛逆的爱情宣言！

"竹竿何袅袅，鱼尾何簁簁。"那么，她心目中的爱情应该像什么呢？大概就像钓鱼竿和鱼儿的关系一样吧？你看，细长的钓鱼竿在水中轻盈地摇摆，"簁簁"，是形容鱼尾巴好像沾湿的羽毛一样在水中摇曳。古人经常用钓鱼作为男女求偶的比喻象征，而且这个比喻从《诗经》时代开始就已经运用得很普遍了。钓鱼用什么来做鱼饵呢？换言之，真正的爱情应该靠什么来维系呢？

这位女子在诗的最后两句给出了一个铿锵有力的答案："男儿重意气，何用钱刀为。"刀是指古代刀形的钱币。真正的男子汉应该是重情重义的人，应该凭借情义获得长长久久的爱情，如果只靠金钱引诱,那么,"鱼儿"即便一时上了钩,这样的爱情也是脆弱的,是不可靠的。

一直到诗歌的最后一句,女诗人才终于亮出她真正的用意:乍一看去,这是一首绝交诗,但仔细一揣摩,我们会发现其实这更是诗人在表明爱情观点的一首诗。这首诗至少传递出诗人三点爱情观:第一,恋爱要自由;第二,看重情义,鄙视金钱婚姻观;第三,要求爱情专一。

这三点,如果放在今天,哪一点都不奇怪。可是请不要忘记,这是一首汉代的乐府诗歌。在两千多年前,用汉代人的眼光来看,这三点爱情观哪一点都不正常。第一点不正常:那时正常的婚姻必须是父母之命、媒妁之言,自由恋爱的婚姻不正常。第二点不正常:那时正常的婚姻必须是门当户对。门不当户不对,财富、地位、权势都不匹配的婚姻不正常。第三点不正常:那时正常的婚姻是一夫多妻制。如果把男人比作钓鱼竿、女性比作鱼儿的话,那么一根钓鱼竿可以钓很多条鱼,但一条鱼儿一旦上了钩,绝不可能再选择其他的钓鱼竿。因此那时的婚姻也讲忠诚,但忠诚只是单方面的,也就是说,妻子必须对丈夫忠诚,丈夫却没有任何义务要对妻子保持爱情的忠诚。这样看来,"愿得一心人,白头不相离"的爱情理想,对于古代的女性来说,简直就是痴人说梦!

然而,这偏偏就是产生在那个年代的一首出自女性之手的爱情诗。是什么样的女子敢于如此挑战世俗的权威,向世人,尤其是向那个负心的男子宣告她与众不同的爱情理想呢?

据《西京杂记》的记载,写下《白头吟》的这位女诗人,就是汉代第一"白富美"——卓文君,而那位"有两意"的男人,就是汉代第一才子司马相如。[①] 当然,也有学者质疑过,那个时代似乎不可能出现如此成熟的五言诗,但《白头吟》一诗确实生动地再现了卓文君的爱情经历,也生动地展示了卓文君不同寻常的个性。

司马相如和卓文君是汉武帝时代万众瞩目的明星夫妻,他俩的爱情故事和婚姻生活可谓一波三折,充满了曲折和传奇,也正因为传奇不断,发生在他俩身上的故事长期占据着汉武帝时代的各大新闻媒体头条的位置,被人津津乐道,以致后来的历朝历代,仍然被各种"娱乐媒体"反复炒作,经久不衰。

卓文君是四川临邛(今四川成都邛崃)人,当时全国首富、"钢铁大王"卓王孙的女儿。卓家是靠炼铁致富的土豪,高居当世富豪排行榜第一名,"富至僮千人,田池射猎之乐,拟于人君。"[②] 卓家光是奴仆就养了上千人,豪宅的布置陈设,包括庄园里打猎等各种娱乐场所,都足可以"拟于人君",和皇帝的财富有得一比,

---

[①] 《西京杂记》:"相如将聘茂陵人女为妾,卓文君作《白头吟》以自绝,相如乃止。"关于《白头吟》一诗的作者是否卓文君尚有争议。

[②] 《史记·货殖列传》。

真正是"富可敌国"了。当时能进入司马迁这个富豪排行榜的有钱人,必须具备两个条件:第一,必须是国家级的大富豪;第二,必须是通过合法途径致富的商人。这两个条件往那儿一摆,结果最终上榜的富豪就只有十来位,而卓家又是这十来位国家级富豪中的首富。卓王孙只有一个儿子两个女儿,卓文君便是卓王孙的掌上明珠,是嘴里含着金汤匙长大的富家千金,说她是当时全国第一"白富美"丝毫不是夸张。

再来看故事的男主人公司马相如。司马相如是成都人(《史记》载司马相如为成都人,一说司马相如为巴郡安汉县人,即今四川南充市蓬安县),最擅长写赋。有一个小故事可以说明司马相如的才华在当时可谓出类拔萃,这个故事仍然和汉武帝有关。

汉武帝不仅是一个有着雄才大略的帝王,同时还是一个喜好诗义歌赋的文艺青年,闲暇时最喜欢听听歌,读读汉大赋。有一天,汉武帝无意中读到了一篇《子虚赋》,写的是诸侯打猎的事儿,其辞藻之华美,规模之宏大,描摹之生动,简直是前所未有,这篇才华横溢的赋作深深地折服了汉武帝。读完之后,汉武帝忍不住长叹一声:"唉,怎么朕就没有这个福气,和《子虚赋》的作者生活在同一个时代呢?可惜啊可惜,实在是太可惜了!"

也真是无巧不成书。恰好,负责为汉武帝养狗的一个小官吏(狗监)杨得意在一边听到了,他连忙一哈腰:"陛下不必遗憾,微臣正好认识这个作者,他就是我的老乡司马相如。"汉武帝大为吃惊:"啊? 这个作者还活着? 他现在在哪儿?"

"回陛下的话,司马相如现在成都。"

"传旨,立即召司马相如进京。"

皇帝传召,司马相如不敢怠慢,立即快马加鞭进京面圣。汉武帝当面狠狠夸奖了一番《子虚赋》,司马相如是个何等聪明的人物,见汉武帝如此喜欢自己的作品,连忙回禀:"陛下,这篇《子虚赋》只不过写了诸侯的事儿,不值一提。您是天子,自然要有天子的气派,我这就专门为陛下再写一篇天子打猎的赋!"说到做到,司马相如很快就呈上了他的新作《上林赋》——上林苑是汉武帝的御花园,他经常在这里打猎游乐。《上林赋》就是借描写天子狩猎的壮观场景,极力渲染大汉王朝的富贵繁荣,夸耀大汉天子的气派,文辞华美,刻画细腻。汉武帝一见这篇《上林赋》,好大喜功的虚荣心得到了极大的满足,立刻让司马相如在自己身边当了一名文学侍臣。司马相如是连汉武帝都衷心崇拜的文学家,在后世,司马相如的名字甚至和司马迁并提,被誉为"文章西汉两司马"(左宗棠语),西汉最牛的两位文学家就是司马迁和司马相如。司马相如还被后人称为"赋圣"或者"辞宗"。用汉代第一才子来评价司马相如也不算夸张吧?

表面上看来,汉代第一才子娶了汉代第一白富美,这应该就是最为门当户对的婚姻了,可为什么司马相如和卓文君的爱情与婚姻还是充满了曲折和传奇呢?这就要从他们爱情的全部过程来看了,这个过程可以用"爱情三部曲"来诠释:闪亮登场(琴挑文君)——裸婚生涯(文君当垆)——情场突变(文君赋诗)。

先来看司马相如与众不同的闪亮登场。虽然司马相如被誉为汉代第一才子,可是在汉武帝读到他的作品之前,司马相如的日子其实过得很艰难,汉武帝的赏识正好把司马相如的人生分成了前后两期。前期的司马相如,是个"家贫,无以自业"的穷小子。家里一穷二白,即便写得一手漂亮的文章也没有用,文章换不来饭吃,他又没有其他可以用来养家糊口的技能,简直穷得过不下去了。可是穷小子司马相如偏偏做起了富贵梦:他早就听说成都附近有一位鼎鼎大名的全国首富叫卓王孙,他的女儿卓文君十分美丽。当然,光是美丽绝对不足以让司马相如这样有内涵的青年动心,最重要的是听说她还多才多艺,尤其对音乐颇有研究。这一点让司马相如实在忍不住心动不已:要知道,司马相如除了文章写得漂亮,还弹得一手好琴,堪称当时天下第一琴手,可惜这世上知音太少,司马相如未免觉得有些孤独,如果能得到卓文君这样的妻子,那才真叫琴瑟相和呢。

不过,卓文君再好,也和他司马相如搭不上什么关系,对他这样的穷小子来说,卓文君就是天上的嫦娥姐姐,是他做梦都不敢高攀的女神。事实上，也确实轮不到他来做白日梦：卓王孙自然早已为女儿选定了门当户对的富家子弟。可是因为卓家在当地实在太有名，关于他家的大大小小的各类消息总是很快能传遍方圆百里之外。这不，又一个小道消息传到了司马相如耳朵里：卓王孙的女婿死了，还只有十七岁的妙龄女儿卓文君成了寡妇，在娘家居住。这个消息一传来，司马相如的心不免又开始"荡漾"起来，并且私下琢磨了老半天，终于让他琢磨出一个绝妙的求爱办法。

原来，司马相如虽然穷，可是他的才华颇为他赢得了一些好朋友，这其中，就包括了临邛县令王吉。心动不如行动，这世上只有想不到的事，没有做不到的事。于是，司马相如立即动身去拜访临邛县令王吉，将自己的愿望一五一十告诉了王县令，并且请他为自己出谋划策。好朋友有求于己，王吉当仁不让，他将司马相如安置在当地最好的宾馆里，好吃好喝地伺候着，还每天恭恭敬敬地去拜望他。而司马相如还故意做出爱理不理的样子，到后来甚至经常称病不见，王县长非但不以为忤，反而表现得更加恭谨。这消息在小小的临邛县迅速传开来，能让当地父母官如此毕恭毕敬地当成贵宾，那一定是非同小可的大人物。作为当地的大户，卓王孙自然不可能不听说这位县长大人的贵客。为了拍县长大人的马屁，卓王孙准备举办一次隆重的宴会，专门宴请司马相如，除了县长大人之外，还把当地所有有头有脸的人物全部请来作陪，光是陪客竟然就有上百人之多。

一切准备妥当，县长大人也很给力，早早就到了。可是日过正午，唯独主宾司马相如迟迟没有现身。卓王孙再三派人去恭请，司马相如居然说突然染病，身子不适，宴会就不参加了。卓王孙心里那个憋屈啊！好在卓王孙本意是要拍县长马屁，宴请司马相如也是醉翁之意不在酒，只要县长到了，司马相如就算缺席对他来说也不算什么损失。于是卓王孙宣布宴席开始，没想到县长大人却发话了："司马先生不来，我不敢端杯。"当场决定亲自去迎接司马相如。这可真是给足了相如面子，相如这才施施然大驾光临。

一百多号宾客正伸长了脖子等着欣赏司马相如"真容"，看看到底是何方神圣能让县长如此谦恭。等司马相如一到，只见他身材颀长，面如冠玉，气质优雅，神态从容，果然是不同凡响的美男子，他的容貌、气度一下子就征服了所有在场的人，引来一片啧啧的赞叹声。连藏在深闺中的卓文君，也听说父亲今天宴请的是一位大帅哥，再加上小丫鬟绘声绘色的夸张渲染，撩拨起了文君强烈的好奇心。满腹才华且个性独立的文君可不同于一般"大门不出，二门不迈"的闺阁小姐，她生性开朗大方，虽有过短暂的婚姻，但其实正当青春年华，听说早负盛名的司马相如就在外面，不由得心生向往。于是她找了一个隐蔽的地方藏起来，既不会让外间的宾客发现自己，又正好能够看到司马相如端坐的主宾席。

一眼望去，一个俊朗温润、气质出众的男子正坐在父亲身旁，甚少言语，但仅仅是偶尔的一个微笑，就如玉山将崩，积雪尽融。文君痴痴地看呆了，连身旁丫鬟的连声赞叹也没有听到，脑子里只反复回荡着乐府里的那几句"积石如玉，列松如翠。郎艳独绝，世无其二"。她的一颗芳心禁不住怦怦直跳——没料到梦想中的"男神"就这样出现在面前！

这时，酒宴正进行到最热烈的时候，王县长趁着大伙儿高兴，觉得是时候要隆重推出司马相如的绝活了。他朗声说道："早就听闻长卿兄（司马相如字长卿）琴艺天下无双，可惜一直无缘聆听，不知今日能否有此荣幸？"王县长话音一落，附和的声音此起彼伏，司马相如谦虚了一番，假装推辞不过，便当众弹了一首他的原创琴曲《凤求凰》。

请注意！司马相如与好友王县长筹谋已久的闪亮登场，直到现在才算是真正推出了重点。司马相如此前所有的拿腔作势，都是为了吊足众人胃口，王县长默契的配合，也恰到好处地烘托了相如的与众不同。当一切铺垫做足以后，最关键的一场戏还得司马相如凭借自己的真本事来完成。

这场戏就是被后世津津乐道的司马相如"琴挑文君"。

外行看热闹，内行看门道。当所有的人都有口无心赞叹着相如高超的琴技，只有一个人听出了弦外之音。这个人就是躲在场外的卓文君。

卓文君是何等冰雪聪明的女子，相如在琴曲里蕴含着那么明显、那么迫切的求爱之意，文君岂能听不出来？琴声中，时而是对文君美貌与慧心的仰慕，时而是殷切而漫长的相思，时而是急迫而真诚的表白，时而是担心表白落空的忧虑和恐惧……文君听着动人的琴声，知其雅意，心中的欢喜和感动交织在一起，竟怔怔地流下泪来，只觉得自己终于找到了那个可以引为知音的"一心人"！相如真不愧是一流音乐家，一曲《凤求凰》，他竟然弹出了如此丰富复杂、如此细腻微妙的种种情愫。而且他非常自信，如果卓文君能听懂琴曲里的含义，那就说明他没有看错人，文君确实是自己梦寐以求的"一心人"！

如果卓文君听不出来，说明她不是自己理想中的知音，这一切煞费苦心的安排就只能让它付诸东流了。功夫不负有心人，司马相如成功了！一曲《凤求凰》过后，文君的芳心已经完全归属了相如："愿得一心人，白头不相离"，才貌双全、情意绵绵的司马相如正是她可遇而不可求的如意郎君。

于是，当天夜里，文君就在丫鬟的鼓励和帮助下，逃到司马相如下榻的宾馆，再和相如一起，连夜逃回成都。

这就是司马相如与卓文君爱情的第一部曲：相如精心策划，闪亮登场，文君芳心暗许，勇敢投奔。于是，他们双双进入了爱情的实质性阶段——婚姻生活。

卓文君颇具冒险精神的夜奔相如，是因为被相如风度翩翩的外形气质和蕴含绵绵情意的琴声所倾倒。"愿得一心人，白头不相离"，从相如如泣如诉的琴声里，文君认准了这就是那个自己要托付终身的人，因此她孤注一掷，义无反顾。

但是，爱情的发生极具偶然性，"只是因为在人群中多看了你一眼，再也没能忘掉你容颜"（《传奇》），爱情有时候就是一刹那的心动，它是超功利的，也是超理性的。然而婚姻和爱情毕竟不同，婚姻是种种现实条件的集合，柴米油盐酱醋茶，样样都是必须面对的琐碎现实。理想很丰满，现实很骨感。卓文君夜奔相如来到成都之后，很快就发现，她不顾一切的选择果然极具挑战性。

首先，文君此前从来不知道，世界上原来真的有一种穷叫作"家徒四壁"，她更没有想过，这种穷竟然真的会和自己发生关系。全国首富的千金小姐，从此要面对无房无车无奢侈品甚至无任何经济来源的裸婚生涯。这是第一大挑战。

其次，更让文君没有料到的是，那个远远看去风度翩翩的白马王子，走近了才知道他居然还有一个特别的毛病：口吃。难怪在卓家那场盛大的宴席上，司马相如总是微笑不语，原来不是众人以为的清高,而是因为藏拙;难怪王县长建议相如用琴声来传递心曲,而不是要他展示滔滔不绝的口才,个中原因还是为了藏拙。这真是距离产生美,偶像的光环瞬间碎了一地,真相如此具有讽刺性,这是文君面对的第二大挑战。

最后,文君不顾一切逃离家庭的行动,在当时被看作是大逆不道之举。父亲盛怒之下,对这个"败坏门风"的女儿采取了强硬的经济封锁:"女至不材,我不忍杀,不分一钱也。"果断宣布断绝父女关系,一个子儿都不分给他们。舆论一边倒的道德压力,是文君面临的第三大挑战。

换了别的女子,这三大挑战中的任何一种,都足以摧垮她生活的信心和爱情的信念。但卓文君却不是一般女子,从相爱的冲动中一旦醒过来,她必须厘清自己的情感:相如和她之间到底是不是真爱?口吃和贫穷都不是致命的弱点,道德舆论的谴责她也有勇气承受,前提是他们必须真心相爱。文君在一番心理的挣扎过后,终于想明白了:她爱相如,爱他举世无双的才情,相信他的用心良苦也完全是因为爱。就凭这份爱和信任,她决定勇敢承担爱情的一切后果。

口吃是无法改变的,但贫穷可以改变。于是,文君建议相如:"成都物价太贵,房租也不便宜,与其待在大城市喝西北风,我们不如回临邛去谋生吧。临邛虽然地方小了点,但物价便宜,谋生要比成都容易得多。"此时的相如，对文君自然是言听计从百依百顺。于是，他们卖掉成都所有的破破烂烂，回到临邛，买下一间很小很小的酒馆。两人都身兼数职，把小酒馆经营得有模有样：文君换上了以前从未穿过的麻布衣裳，一头秀发挽到脑后梳成发髻，卷起袖口，露出白嫩的手臂，站在酒馆门口，放下架子大声吆喝，亲手为客人沽酒，活脱脱一个能干泼辣的劳动妇女。相如呢，也放下了书生的清高，系上滑稽的粗布大围裙，弓起身子洗碗扫地，当上了酒馆里忙前忙后的店小二，哪里还是那个清高脱俗的美男子！日复一日的辛苦中，当文君轻轻走过来，为相如擦去鼻尖的汗，笑他结巴着说不出话来；当两人在忙碌的间隙，目光穿过满店的客人锁定对方，相视微笑，一种柔情在流淌，此刻的两个人，都确信对方便是自己要相伴一生的"一心人"。就这样，夫妻俩虽然辛苦而忙碌，却也踏踏实实地过起小日子来。

也许，这就是爱情的力量！如果不是文君对相如一往情深，她不可能如此包容相如的所有弱点。如果不是因为一往情深，文君绝不可能以千金小姐的身份，却挣扎在生活的贫困线上，干着最卑贱的活儿。"愿得一心人，白头不相离"，只要相如能对她一心一意，不离不弃，那么文君就能够，也甘愿承担起生活的重担，而且对未来充满信心。

这就是司马相如和卓文君爱情传奇的第二阶段：裸婚生涯，

文君当垆。

全国首富的大小姐当"服务员",当垆卖酒,女婿当"店小二",跑堂打杂,当事人没觉得有啥不堪,旁观者却大跌眼镜。临邛是个小地方,这则新闻很快就"窜"上了当地的"新闻头条",一时间,乡里乡亲议论纷纷,好事者还专门跑到小酒馆门口去指指点点,有嘲笑卓文君傻的,有讽刺司马相如吃软饭的,有纯粹看热闹满足好奇心的,更有骂卓王孙家教不严养个女儿丢人现眼的……卓王孙那个羞愧啊!为了躲避别人的指手画脚,卓王孙只好把自己关在家里,大门都不敢出。这个女儿实在太不争气了,把自己的脸都丢尽了!卓王孙虽然又气又怒,但文君毕竟是自己的亲生女儿,他心里还是疼啊!而且,亲戚朋友也纷纷来劝他了:"你又不缺钱,膝下只有这一子二女,守着个金山银山做什么呢?如今生米已经煮成熟饭,司马相如虽然穷,却是一表人才,而且又是县令大人的好朋友,未必会久居人下,你何必对他们如此刻薄!"思来想去,卓王孙只好自认倒霉,暗地里塞给女儿百万钱,僮仆百人,金银首饰绫罗绸缎等一干奢侈品,算是弥补了女儿的嫁妆,打发女儿、女婿回成都生活去了,一方面免得他们在临邛继续丢人现眼,一方面也把女儿女婿从穷困中解救出来。

靠着岳父的巨额资助,司马相如摇身一变成了富人,在成都买豪宅豪车,裸婚生涯到此画上句号。而且不久之后,连汉武帝都听说了司马相如的大名,将他召为宫廷侍臣,颇受重用,相如终于成功逆袭为人人羡慕的高富帅。

据《史记》记载,司马相如虽然是以文学才华受知于汉武帝,但其实他在从政期间也颇有建树,他曾经被汉武帝任命为使臣,前往四川宣抚四夷,为平定西南边疆立了大功。当浩浩荡荡的车驾到达四川的时候,"省长"及以下的官员倾巢出动,整装迎候天子使臣。这下卓王孙可长脸了,见到女婿一跃而成"凤凰男",他不禁由衷地感叹:"我早就该把女儿嫁给这么好的女婿了啊!"一高兴,卓王孙就把家产重新进行了一番分配:女儿、儿子一视同仁,财产均分。

司马相如和卓文君的爱情童话似乎有了一个圆满的结局:"王子"和"公主"从此过上了幸福的生活。然而,童话从来不写"王子"和"公主"结婚多年以后的生活,也许是因为,童话作家都知道,赤裸裸的现实往往会破坏我们心中童话的浪漫与完美,即便是司马相如和卓文君童话般的婚姻也不能免俗。

相如飞黄腾达之后居住在京城附近的茂陵,凭着汉武帝的宠幸和自身的才名,他很快跻身于上流贵族的社交圈子,见识过身边众人奢侈风流的生活之后,他的心里不免也泛起了微澜。身边的公子哥儿、王公贵族们哪个不是三妻四妾,又兼有红尘知己无数,而自己却只有文君一个,还常常遭到朋友们的调侃,落下个

"惧内"的名声。况且，随着时光的流逝，昔日的首富千金卓文君已不再年轻美貌。于是，表面幸福美满的婚姻开始暗流涌动——相如看上了茂陵一位年轻女子，有意纳为侍妾。

我们先不必忙着谴责司马相如的喜新厌旧，因为这个念头对那时所有有地位有身份的男人来说，实在是再正常不过的。但相如知道，妻子绝非寻常女子，因此他只能通过旁敲侧击的办法，向妻子委婉透露了纳妾的想法，并且也通过旁人之口，委婉透露了一个意思：别人都三妻四妾，我就只纳一个小妾，这要求总不算过分吧？夫人，你就大方一点，成全我这个小小愿望吧？

相如想要纳妾的念头标志着卓文君的爱情进入了第三个阶段：情场突变。

"皑如山上雪，皎若云间月"，这是文君心中最纯洁的爱情，如今洁白的雪地里沾染上了尘埃，皎洁的月亮蒙上了阴影。如果说，因为爱情力量的支撑，文君可以勇敢地战胜贫穷和道德谴责的压力，但一旦爱情本身出现裂缝，文君又该如何面对呢？

聪明的卓文君没有用那些一哭二闹三上吊的愚蠢方法，她只是在默默流泪过后，默默地给丈夫写了一首诗，这就是那首《白头吟》。

俗话说，同患难易，共富贵难。人性的弱点让卓文君黯然神伤，她曾经满心希望丈夫会是芸芸众生中的那一个例外，可是最终她悲哀地发现，没有例外，也不能奢求例外！

换了是别的女人，对这一切也许只能默默承受，但卓文君不是"别的女人"。她为了追求爱情，勇敢放弃豪门千金的身份接受命运的挑战；为了守护爱情，她勇敢承担起养家糊口的责任；为了经营爱情，她在丈夫最落魄最失意的时候一直支持他，鼓励他不泄气、不放弃……她之所以如此勇敢，是因为她相信爱情，相信爱情就像山上的白雪、云间的明月一般纯洁，相信丈夫就是自己千百度追寻过后的那个"一心人"，相信爱情不是财富不是名利不是权势，而是有情有义，共度一生。

当所有的信念即将被现实击得粉碎的时候，文君不想用低到尘埃里的姿态，去委曲求全，保住名存实亡的婚姻。在《白头吟》这首诗里，有她对爱情依然执着的信念："皑如山上雪，皎若云间月"；有她对负心人掷地有声的斥责："男儿重意气，何用钱刀为"；有她为爱牺牲的勇敢："闻君有两意，故来相决绝"。而她之所以能够做到这一切，是因为无论她遇到了什么样的人，她都不会放弃对爱情的唯一理想："愿得一心人，白头不相离。"

就在卓文君做好了最坏的准备，决定放爱一条生路的时候，司马相如读完了《白头吟》，他低下头来，半天没有动弹：在如此自尊自爱的妻子面前，自己是何等猥琐！他忘了当年自己不名一文，是妻子主动放弃豪门千金的身份，和他一起忍受贫穷；他忘了当年自己不能承担起一个丈夫的义务，是妻子甘愿忍受众人的嘲笑、当垆卖酒，承担起养家糊口的责任；他忘了当年自己在最落魄最失意的时候，是妻子一直在身后支持他，才最终等到了天子传召，一朝显赫……可如今，自己有钱了，有地位了，却要冷落对自己恩重如山的妻子，自己还是男人吗？在情义深重的妻子面前，自己是何等卑鄙不堪！

卓文君的一首《白头吟》，如当头棒喝，震醒了糊涂一时的司马相如。他意识到，自己的生命中最重要的不是财富，不是权势，而是妻子一往情深的爱。司马相如的忏悔发自肺腑。文君也并没有因为丈夫的一时糊涂而不依不饶，丈夫真诚认错，让她禁不住潸然泪下——多年的婚姻生活，她早已和丈夫成为不可分割的一个整体，她的目的并不是要惩罚变心的丈夫，而是唤起丈夫的良知与爱情。"愿得一心人，白头不相离。"她做到了！

情场突变，曾让童话般的婚姻摇摇欲坠，但是浪子回头金不换，卓文君以自己的智慧与深情，挽救了婚姻，也挽救了自己的爱情。更让文君感到安慰的是，相如不仅真心放弃了纳妾的念头，甚至也看透了官场的浑浊而选择急流勇退，"称病闲居，不慕官爵"，与妻子一起，相伴看云卷云舒、花开花落。就像一首流行歌曲唱的那样："等到老去那一天，你是否还在我身边？看那些誓言谎言，随往事慢慢飘散。多少人曾爱慕你年轻时的容颜，可知谁愿承受岁月无情的变迁……"(《一生有你》)司马相如和卓文君,就是那一对可以承受岁月无情变迁的爱人,直到鬓发如雪的那一天,他们还能搀扶着彼此,欣赏彼此被时光雕刻过的苍老容颜。

"愿得一心人,白头不相离。"在司马相如和卓文君充满传奇色彩的爱情经历中,文君在每一个足以改变命运的关键时刻做出的决断,充分显示出她的痴情、勇敢和智慧。也难怪,在《史记》中出现的全部四百多位女性形象,唯有卓文君一人,寄托了司马迁对于女性自尊、自爱、自强的最高理想。在漫长的中国历史上,唱主角的一直是男性,但在卓文君与司马相如的爱情童话中,文君才是光彩照人的唯一主角。

2

裁为合欢扇
——班婕妤

当代人在失恋或者与恋人分手的时候，如果要用古典诗句来表达或痛苦，或决绝，或洒脱，或幽怨的情绪，排在前列、引用率比较高的可能会是这样一些诗句：

表达洒脱：引用苏轼的"天涯何处无芳草"①。分手了没什么，不要老沉溺在过去的不舍和痛苦中，和"前任"潇洒地说再见，然后向前看，迎接真正属于你的爱情。

表达忠贞：引用元稹的"曾经沧海难为水，除却巫山不是云"②。爱过一次就是一生一世，此生除了你之外，再无第二人可

---

① 苏轼《蝶恋花·春景》："花褪残红青杏小。燕子飞时，绿水人家绕。枝上柳绵吹又少。天涯何处无芳草？ 墙里秋千墙外道。墙外行人，墙里佳人笑。笑渐不闻声渐悄。多情却被无情恼。"

② 元稹《离思五首·其四》："曾经沧海难为水，除却巫山不是云。取次花丛懒回顾，半缘修道半缘君。"

以走进我心里，占据我全部的爱情世界。

表达决绝：引用托名卓文君的"闻君有两意，故来相决绝"①。这和汉乐府的《有所思》异曲同工，"从今以往，勿复相思。相思与君绝"②，听说你有了新欢，那我就主动来提出分手，我也不想再强迫自己相信你的谎言，我们从今以后一刀两断，省得你左右为难……

表达幽怨：引用纳兰性德的"人生若只如初见，何事秋风悲画扇"。要是相爱的人总是能保持像初见那样的温度与激情，那该多好呢？为什么一转眼间就从炎炎夏日的高温降到了秋风瑟瑟的寒冷？我们的爱情为什么那么经不起考验呢？

看来，爱情中几乎所有的过程和所有类型的情绪，在古典诗词中总是能够找到契合的表达方式，古人的爱情和当代人的爱情，在情感的本质上还是相通的。只不过，在表达爱情失落的时候，古人最常用的一个意象或典故还是纳兰性德"人生若只如初见，何事秋风悲画扇"里的"画扇"。"画扇"有时也被称为"纨扇""团

---

① 托名卓文君《白头吟》："皑如山上雪，皎若云间月。闻君有两意，故来相决绝。今日斗酒会，明旦沟水头。躞蹀御沟上，沟水东西流。凄凄复凄凄，嫁娶不须啼。愿得一心人，白头不相离。竹竿何袅袅，鱼尾何簁簁。男儿重意气，何用钱刀为。"

② 汉乐府《有所思》（《铙歌十八曲之一》）："有所思，乃在大海南。何用问遗君？双珠玳瑁簪，用玉绍缭之。闻君有他心，拉杂摧烧之。摧烧之，当风扬其灰。从今以往，勿复相思。相思与君绝！鸡鸣狗吠，兄嫂当知之。妃呼豨！秋风肃肃晨风飔，东方须臾高知之。"

扇"或者"秋扇",意思都是一样的。

一把普普通通的扇子,居然被赋予了如此美丽而又幽怨的情感,这个意象的"创始人"要追溯到汉代的一位著名才女——班婕妤(又作班倢伃)。正是因为她,普通的扇子从此具有了非比寻常的意义,因此这把特别的扇子又被称为"班姬扇"。它的出处就来自班婕妤所写的《怨歌行》:

> 新裂齐纨素,皎洁如霜雪。
> 裁为合欢扇,团团似明月。
> 出入君怀袖,动摇微风发。
> 常恐秋节至,凉飚夺炎热。
> 弃捐箧笥中,恩情中道绝。

《文选》《玉台新咏》《乐府诗集》均收录此诗,且署名为班婕妤。班婕妤写的这首《怨歌行》还有一个名字就叫《团扇》[1],吟咏的主题就是扇子。"团扇"就是圆圆的扇子,也叫宫扇,宋代以前称"扇子"一般都指的是团扇。

"新裂齐纨素,皎洁如霜雪",写的就是团扇的材质与颜色。

---

[1] 钟嵘《诗品》。

纨、素都是指丝绸、细绢，因为齐国出产的白色细绢特别有名，精致细腻，是丝织品中的奢侈品。刚刚从织机上裁下来的齐国出产的名贵细绢，那么洁白光润，如霜似雪，用它来做什么好呢？

"裁为合欢扇，团团似明月"，原来是做成了一把圆圆的扇子。"团团"就是圆圆的意思，这把白色的纨扇就像一轮明月，又光洁又透亮。合欢本是一种树，树叶类似槐叶，晚上叶片会合上，所以也写作合昏、合枹，俗称夜合花，夏季开花，颜色呈淡红色。古时候人们常以合欢赠人，寓意消怨合好。正如古人所云："合欢蠲忿，萱草忘忧。"①"合欢"在这里指的是一种对称的花纹，当女诗人用如此贵重的纨素，精心裁制"合欢扇"的时候，其实也是细细地织进了她对爱情合欢的隐秘渴望。

"合欢"在古典诗词中还常常与"鸳鸯"对举。例如"文彩双鸳鸯，裁为合欢被"②，都是表达爱情圆满、和合甜蜜的愿望。当夏季到来，这把美丽而又贴心的扇子成为主人的"新宠"："出入君怀袖，动摇微风发。"感到炎热的时候，主人就取出扇子轻轻地摇动，习习微风送来缕缕凉意，顿时让人感到神清气爽；即便不用的时候，主人也会小心翼翼地将扇子置于怀袖之中。

如果团扇也有生命、有情感的话，它一定能感受到主人对它

---

① 嵇康《养生论》。
② 《古诗十九首》。

的依赖与眷恋。当它被握在主人手中、被放置在怀袖之中感受着主人幽香的体温时，它一定也会觉得自己是主人的最爱，也会全身心地愿意为主人奉献自己的体贴吧。

然而越是深爱，越是害怕失去爱："常恐秋节至，凉飙夺炎热。"夏天总是那么短暂，当瑟瑟秋风卷走炎热的时候，属于扇子的季节就该结束了——这是"扇子"最大的恐惧：一旦秋天到来，主人不但不再需要用扇子来驱赶炎热，反而会觉得随身携带一把扇子是多么累赘，那还不如"弃捐箧笥中"呢！扇子就这样被扔在了竹箱子里，随着天气越来越冷，主人甚至再也想不起来曾经有过那么一把朝夕不离手的扇子了！

"弃捐箧笥中，恩情中道绝"！很傻很天真的"团扇"，原本以为有一种感情叫作天长地久，就像它和主人朝夕相处的那个炎夏，但没想到只是一场秋风，就让他们的恩爱中途断绝！

"团扇"没有料到，原本以为的天荒地老竟是这么不堪一击！团扇与主人的爱情，脆弱得连一场秋风都无法抵挡。

这就是团扇的命运。

那么，写下这首《怨歌行》的班婕妤，为何对团扇的命运有着如此深刻的同情与理解呢？

这就要说到这位才女诗人自己的人生经历了。

班婕妤出身名门，是典型的大家闺秀。汉朝颇有几个大家族，不仅血统高贵，而且常常"井喷"似的涌现出一大批人才，其中就包括了班家。

据说班氏出自楚国，与楚王同姓"芈"，是楚国国君若敖的后裔。相传若敖的孙子令尹子文是吃虎乳长大，虎的身上有斑纹，因此他的后代就以"斑"为姓氏。

斑和班通用，这就是班氏家族一脉的来历。

有汉一代，班家人可都是鼎鼎大名的文化界明星。比如写下《汉书》的历史学家、文学家班固，他和司马迁并称"班马"，《汉书》和《史记》并称"《史》《汉》"，奠定了中国正史撰写的标准范式；又比如班固的弟弟班超，"投笔从戎"镇守西域数十年，立下赫赫功勋；再比如班固、班超的妹妹班昭，也是一代才女，替哥哥班固最终完成了《汉书》的撰写。他们的父亲班彪也是著名的史学家和文学家。而班彪的姑姑就是班婕妤，其父班况在汉成帝时任越骑校尉。

汉成帝刘骜即位后不久，班姬就被选入后宫。刚开始只被封为"少使"，地位并不高。因为她的美貌与聪慧，进宫不久便赢得了汉成帝的关注，并且大获宠爱，晋封为"婕妤"（又作倢伃），居于增成舍。当时的后宫分为八个区，增成舍位于第三区，可见汉成帝对班婕妤的厚爱。班婕妤很快就生下了皇子，可惜的是，几个月后，孩子夭折。

班婕妤是一个明慧的女子，她不仅容颜靓丽，举止端庄，而且知书达理，无论是吟诗作赋，还是谈论史书，都能与汉成帝相谈默契，就像一朵温柔的解语花。汉成帝是一个耽于酒色的皇帝，虽然坐拥后宫无数佳丽，可那时的汉成帝，却只将班婕妤当成手里的至宝，简直是恨不得一天二十四小时都和她黏在一起。

"出入君怀袖，动摇微风发"。班婕妤是幸运的，汉成帝对她的感情其实不仅仅是一个帝王对妃嫔居高临下的宠幸和恩赐，或许更是一个男人对一个女人的爱慕与依恋。

也许这是每一个后宫女子都梦寐以求的爱情吧！历史上有多少后宫女子为了得到皇帝的一次青睐，甚至恨不得使尽浑身解数！

比如说后来西晋的开国皇帝晋武帝司马炎，后宫佳丽上万，晋武帝常常不知道该去宠幸哪位妃嫔，于是就乘着羊拉的小车在后宫漫无目的地闲逛，羊车停在了哪里，就去哪位妃嫔的住所。于是妃嫔们纷纷在门口插上竹叶、地上洒上盐汁，希望能够吸引到皇帝的羊车……晋武帝的这一"创举"，还成就了一个很有意思的成语叫作"羊车望幸"。

邀宠献媚、羡慕妒忌、明争暗斗……这仿佛是后宫女子摆脱不了的魔咒。帝王的情爱那么淡薄，如花似玉的"情敌"层出不穷，有几个后宫女子能得到帝王长久的眷顾与迷恋？更何况，汉成帝从来就不是一个长情的皇帝，班婕妤有幸得到他的宠爱，难道不应该像其他女子一样千方百计笼络住这个男人的心吗？

班婕妤还真的与众不同。也许她比别的女子更为自信，她相信自己之所以宠冠后宫，并不仅仅是因为年轻美貌，也因为她那源自班氏家族的高贵血统与家学渊源，更源于汉成帝与她相伴时的心灵默契。这不是一个凭借妖娆的外表与精明的心计去博取帝王欢心的普通妃嫔，而是一个希望敞开心扉、全身心接受一份尊重与爱恋的高贵女性。就像杨绛翻译的那首《生与死》说的一样："我和谁都不争，和谁争我都不屑。"

班婕妤是这么想的，她也这么做了。

有一次，汉成帝乘坐一辆豪华御辇，命班婕妤与他并坐辇上一同游览后宫。这可是莫大的荣耀！想想看，当皇帝御辇在后宫招摇而过的时候，将会吸引多少羡慕嫉妒恨的眼光！那是多少后宫女子梦想的时刻！

其实汉成帝也是这么想的：他宠爱的女人，就要给她无上的荣耀。因此，当汉成帝的手伸向班婕妤的时候，他的眼光里满是春风得意。

可是，令汉成帝万万没有想到的是，班婕妤不仅没有把手伸给他，反而是敛衽一拜，温和地奏道："臣妾平时翻阅古时候的那些图画，发现贤圣之君旁边坐着的都是名臣良将，而夏、商、周三代的亡国之君桀、纣、周幽王，旁边坐的都是他们宠爱的后宫女子。如果臣妾也坐在陛下的身边，难道臣妾也和那些女人一样，要当陛下的红颜祸水吗？"

这一番义正辞严的答复让汉成帝始料未及：在后宫，他早就习惯了女人们向他献媚，还从来没有被一位后宫妇人如此拒绝过。而且，班婕妤说的话句句在理，令他一时间脸一直红到了耳根，讪讪地坐回御辇之中，尴尬地说了一句："你说得在理，是朕考虑得不够周全。"

很快，皇太后也听说了这件事，非常高兴地说："古有樊姬，今有班婕妤，咱们的皇帝真是好福气啊！"

皇太后将班婕妤的贤德比作是古代楚国的一位著名女子樊姬，这已经是非常高的评价了。

樊姬是春秋时期楚庄王的夫人。楚庄王登上王位后，日夜耽于酒色享乐、打猎出游，不恤政事，还不准别人劝他，下诏说："谁敢劝我，杀无赦！"当文武百官噤口不言的时候，大概只有一个人敢劝阻他，那就是他的夫人樊姬。

可是劝归劝，楚庄王压根儿就当耳边风，照样喜欢打猎，常常一连数天不上朝、不发诏令。樊姬苦谏无效，只好断绝肉食，不吃任何禽兽的肉，来表明自己的心迹。楚庄王终于被樊姬感动，改过自新，开始勤奋地打理国家政事。

有一次，楚庄王下朝回来，樊姬迎上去问道："大王您怎么这么早就回来了？是因为肚子饿了还是觉得累了？"

楚庄王说："不是的，我和贤明的人在一起交谈，是不会觉得饥饿疲惫的。"樊姬说："那要恭喜大王了。只是不知大王说的是哪位贤人啊？"

楚庄王回答："就是虞丘子啊！"

樊姬一听，忍不住掩口一笑。楚庄王觉得奇怪："这有什么好笑的啊？"

樊姬这才收住笑容，认真地回答："虞丘子的确很贤明，可未必是个忠臣。"

楚庄王一听就不高兴了，说："你为什么这么说他？"

樊姬郑重地说："臣妾是大王的夫人，侍奉您已经十一年了。难道臣妾不想独自拥有大王全部的宠爱吗？但臣妾没有这么做，也不能这么做，而是派人到各地去寻访品貌双全的女子，现在大王的后宫中，比臣妾聪明贤惠的有两人，同列的也有七人。臣妾虽然很想大王只宠爱臣妾一人，但大王不是普通的平民男子，而是一国之君，因此臣妾不能以私蔽公，希望大王能够接触到更多贤能的人。同样的道理，虞丘子相楚也有十多年了，他向大王举荐的人都是他们家的子弟或者亲戚，他这样任人唯亲，而不是任人唯贤，岂不是在蒙蔽大王的视线、堵塞贤路吗？知贤不进，是不忠；不知其贤，是不智也。所以臣妾才忍不住发笑。"

楚庄王听了这番话，简直如醍醐灌顶，恍然大悟。第二天，楚庄王就把樊姬的话一五一十告诉了虞丘子，虞丘子听了，赶紧避席，羞愧得无言以对。不久，虞丘子就提出了辞职，并且举荐孙叔敖代替自己。楚庄王以孙叔敖为令尹（相当于楚国的丞相），在孙叔敖的辅佐下，楚庄王三年而称霸天下。因此楚国的史书赞曰："庄王之霸，樊姬之力也。"

这样看来，当皇太后称赞"古有樊姬，今有班婕妤"的时候，不仅是将班婕妤的智慧贤德与楚庄王的夫人樊姬相提并论，同时也包含了对汉成帝的期许：希望有了班婕妤这样的贤内助，皇帝也能够复兴国家，成为名垂青史的一代明君、一代雄主。

在旁人看来，班婕妤的做法体现的是她端方的品德。她对汉成帝邀请的婉言辞谢，也成了一个著名词语和典故的来历——"辞辇"之德。

然而，换一个角度来看，班婕妤的"辞辇"又何尝不体现着她一贯的爱情理想呢？她深深知道，他们不是一对普通的平民夫妻，可以随心所欲地"秀恩爱""撒狗粮"，而不会对旁人带来任何不良影响。她与别的女人不一样，她爱的那个人是皇帝，是天下之主，他的一举一动都被世人瞩目，他的一言一行都将载入史册，他的每一个决定都有可能对国家的命运产生影响。班婕妤不愿意因为自己的恃宠而骄，而让深爱的男人沾染上污点，成为被世人、被历史诟病的皇帝。

她以她的爱，包容着汉成帝的任性和不成熟。

作为一个女人，班婕妤也和别的女人一样，渴望一份一心一意的爱恋；可是作为皇帝的女人，班婕妤更明白，爱情不是用来显摆炫耀、招摇过市的。何况，在她之上，还有正位中宫的许皇后，她也必须顾及皇后应有的尊严。

拿来炫耀的爱情，或许可以赢得一时的虚荣，却终究无法细水长流。

她爱他，就要成全他的人格、爱惜他的名誉，甚至保护他不受到任何伤害。

因此，班婕妤即便在盛宠之下，依然内敛低调，闲时诵读诗书，侍奉太后；即便面见皇上，也绝不逾越规矩。

"新裂齐纨素，皎洁如霜雪"，当班婕妤写下这样的诗句，她的心里也许满是爱情带来的温柔。对班婕妤而言，她完全有自信的资格：她的容貌，她的才华，她那高贵的血统和气质，就像齐地出产的名贵丝绸，洁白得没有半点瑕疵。这样的质地，这样的本色，难道不值得好好地珍惜吗？

"裁为合欢扇，团团似明月"，作为出身名门并且受到良好教养的女子，班婕妤也像所有的少女以及初嫁的新娘一样，将爱情带来的甜蜜与期盼，都细细地绣进了合欢的图案中。当她细细端详这把亲手裁制的团扇时,那圆润光滑的手感,那光彩照人的色泽,既像她的容颜一样明媚动人,也象征着爱情圆满带来的幸福感。她小心翼翼地维护着那颗如明月般晶莹的少女心,怀着最为美好、最为纯净的渴望,珍惜着她生命中"合欢"的爱情。

"出入君怀袖,动摇微风发",当班婕妤被选入汉成帝的后宫,成为汉成帝的心头至爱,朝夕相处甚至形影不离时,少女时代的浪漫梦想似乎在那一刻成为美丽的现实。《文选》在选录班婕妤这首诗后,李善注曰:"此谓蒙恩幸之时也。"可谓一语中的。

那是班婕妤爱情的夏天,充满着炽热沸腾的爱恋,也不乏轻摇团扇带来的习习凉风,沁人心脾,令人心醉。

也许有人会说,汉成帝这么宠爱班婕妤,和他同坐一辆车一起逛逛后宫又有什么了不起呢?班婕妤这么郑重其事地"辞辇",是不是太一本正经了?

其实不然。作为一位博古通今的才女,班婕妤太了解帝王的情爱与后宫女子的心态了。从古到今,有哪位仗着皇帝一时宠幸而不知收敛的女子会有好下场呢?商纣王宠信妲己、周幽王宠爱褒姒,最后妲己被杀、褒姒被掳……虽然亡国的罪过不能完全归咎于这些深宫中的女子,但史书从来就没有宽容她们。因为她们的丈夫不是平民男子,而是肩负着家国使命的一代帝王。

即便就在汉代,也有不少前车之鉴:汉高祖刘邦宠爱戚夫人,甚至为了戚夫人，一度想废太子而改立戚夫人的儿子刘如意为太子。但刘邦死后，戚夫人即被吕后砍断手脚，做成"人彘"扔进厕所；汉武帝宠爱卫子夫，甚至为了她废掉陈皇后，改立卫子夫为皇后，立卫子夫的儿子刘据为太子。可是当色衰爱弛，太子刘据被废逃亡后自杀，卫子夫也被迫自杀……

这些辉煌一时却终究悲剧结局的后宫女子，有的成为政治斗争的牺牲品，有的成为后宫争斗的失败者，无论是哪一种结局，都只证明了一个规律：帝王的情爱永远不能成为一个女人坚实的依靠。班婕妤太明白这个规律了！她当然希望长久维系与汉成帝的爱情，可是她不希望自己成为后宫女子的众矢之的，更不希望皇帝因为自己而成为一个耽溺于男欢女爱的昏君。

爱情的夏天来得太快，爱情的高温升得太迅速，班婕妤内心有了隐隐地担忧，"常恐秋节至，凉飚夺炎热"，有没有永不消逝的夏天呢？

没有。

正如她忧虑的那样，班婕妤爱情的夏天很快就接近了尾声。

汉成帝很快就有了新宠——他竟然看上了班婕妤身边一个名叫李平的侍女。班婕妤只能将李平献给皇帝，李平得宠后也被封为婕妤——竟然和班姬平起平坐了。有人委婉地劝诫汉成帝："李平出身低微，封为婕妤是不是不太合适？"

汉成帝却"引经据典"地说:"当年卫皇后不也只是一个普通歌女吗?她都能当皇后,现在只是封个婕妤算什么呢!"成帝干脆就赐李平姓卫,左右都呼其为"卫婕妤"。

因为卫婕妤受宠的关系,虽然不至于从根本上威胁到班婕妤的地位,但显然班婕妤已经感到了爱情的降温——也许汉成帝的宠爱根本就算不上是真正的爱情吧!然而班婕妤仍然固守着她对爱情的那一丝执念,"出入君怀袖,动摇微风发"的那份亲昵与眷恋,毕竟不是每个后宫女人都能拥有的。她多么希望,汉成帝在偶尔的三心二意之后,仍然还会给她一份眷顾和一些陪伴。

直到另外两个女子先后入宫,才粉碎了班婕妤最后的一点幻想。汉成帝在宫廷中寻欢作乐尚不满足,渐渐开始喜欢微服出行,去宫外寻求新鲜的刺激。一次,他来到阳阿公主家,阳阿公主命令家中的歌儿舞女悉数出来为皇帝演乐解闷。其中一位舞女身轻如燕,娇媚的眼神勾魂摄魄,汉成帝对她一见钟情,立时召入后宫,成为炙手可热的新宠——这就是历史上著名的美女赵飞燕。

为了巩固皇帝的宠爱,赵飞燕又向皇帝推荐了她的妹妹。妹妹和她一样国色天香,汉成帝喜上眉梢,将姐妹俩都封为婕妤,一时之间"贵倾后宫"。

皇帝的情爱果然凉薄,尤其是汉成帝。史载汉成帝"善修容仪",是一位风度翩翩的美男子,气质颇具威严,且学识渊博,"博览古今",也能够接受臣下的良言劝谏。但这位仪表堂堂的皇帝,最大的毛病就是耽于酒色,在美色的诱惑下往往丧失判断力。在班婕妤切切期盼着彼此尊重、彼此眷恋的爱情的时候,汉成帝却在左顾右盼、寻觅着新的"猎物"。

班婕妤虽然美貌,虽然才华横溢,可她的端庄自持让汉成帝丧失了足够的耐心。赵飞燕姐妹的妖娆风情,营造出了温柔富贵之乡,让汉成帝沉溺其中,无法自持。

"常恐秋节至,凉飚夺炎热",最让班婕妤恐惧的秋天,终于不可避免地到来了,西飚吹走了炎热,她爱情的夏天也结束了——夏天时须臾不离主人手、出入怀袖贴身携带的团扇,终于不得不接受被冷落、被抛弃的结局:"弃捐箧笥中,恩情中道绝。"

团扇被扔进了竹箱子里,当初缠绵亲昵的恩爱至此断绝,主人甚至都懒得再看它一眼。

团扇在秋天的命运,也就是班婕妤恐惧的结局,终于还是无法逃避。赵飞燕姐妹得宠后,许皇后与班婕妤相继失宠,甚至连见皇帝一面都成了一种奢望。

赵飞燕姐妹不是心无城府的普通美女,而是有着勃勃野心与精明心计的女子。姐妹俩联手,一方面巩固着汉成帝的宠幸,一方面对后宫开始大规模打击——她们下手的第一个目标,自然是后宫中地位最尊贵的许皇后,还有曾经恩宠一时、才貌双全的班婕妤。

汉成帝鸿嘉三年（前18），赵飞燕诬告许皇后和班婕妤"挟媚道，祝诅后宫，詈及主上"。也就是说许皇后和班婕妤在后宫用巫术诅咒后宫妃嫔，并且还咒骂皇上。

汉成帝一怒之下，废掉许皇后，并且拷问班婕妤。

班婕妤做梦都不曾想到，她与皇上曾经所有的恩爱与默契，竟然走到了这一刻的如同仇人相对。

此刻，她面前站着的这个男人，依然风姿俊朗。

这是天下至尊，也是那个曾经爱她、疼她、一刻都离不开她的夫君。

然而，在他眼中，再也读不出往日的柔情与依恋，而是满面怒容与愤恨，眼神里的那道凶光，让班婕妤本已苍凉的内心更添绝望与悲戚。

她沉默了半晌，终于垂下眼帘，缓缓下拜，声音却依旧不卑不亢："陛下，臣妾听说过一句话：'死生有命，富贵在天'，如果一个修行正道、品德端方的人都不能得到上天庇佑蒙受福祉，那一个为非作歹的人还能有什么指望呢？假若鬼神真的有知，难道他们会听信邪魅之人的祷告吗？如果鬼神无知，那臣妾去诅咒、去祈祷又能起到什么作用呢！所以，臣妾不屑于做那种咒诅之事。"

班婕妤轻声却又沉稳的一番申诉，淡淡的语调中渗透出浓浓的凄凉，汉成帝尽管正在盛怒之中，然而他的内心还是忍不住微微一颤：面前这个女子，虽然憔悴瘦弱了许多，不再如以往那般明艳姣美，可她那柔弱的身体里，仍然传递着只属于她的智慧与倔强——毕竟，这是他曾经深深爱恋过的女人，尽管他分不清自己是爱她的貌、她的才、她的温柔，还是她的倔强。直到此刻，他已不再爱她，但她的柔弱和倔强，依然让他心动。

更令汉成帝动容的是，在这个决定她命运的一刻，班婕妤竟然没有一丝哀哀乞求饶恕的可怜之态。尽管她一直微微低着头，可是骨子里的高贵依然震撼人心。

汉成帝不得不承认，班婕妤的每一句话都那么入情在理，他的暴怒在她不卑不亢的声音里悄然化解为无形。

他"原谅"了她——虽然她从来没有做错过什么。

最终，汉成帝没有处罚班婕妤，反而赏赐她黄金百斤。

黄金百斤！再多的黄金又岂会放在她的眼中？班婕妤再施一礼，谢恩、退去。

也许就在她缓缓转身离去的一刹那，她那双明月般清澈的双眸瞬间溢满了泪水——她有一种预感，这也许便是她与汉成帝最后一次的"亲密"接触了。他们之间曾经拥有的一切恩爱与默契，就只剩下了这冰冷得没有一丝暖意的百斤黄金。

只是不知道，在她瘦弱的身体转身离去的时候，汉成帝的内心是否也闪过一丝愧疚与怀念。

永始元年（前16），赵飞燕被立为皇后，大赦天下。不久，赵飞燕的妹妹也被封为昭仪，位在婕妤之上。后宫成为赵氏姐妹的天下，她们不仅迫害后宫妃嫔，甚至还残杀皇子。

对赵氏姐妹的所作所为，汉成帝竟懵然不知。他让赵昭仪住在昭阳殿，宫殿美轮美奂，金碧辉煌，白玉为阶，黄金饰壁，至于蓝田璧玉、明珠、翠羽等豪华装饰更是司空见惯，奢华程度史无前例。许皇后被废，班婕妤居然全身而退。宠冠后宫、大权独揽的赵飞燕姐妹岂能善罢甘休！在赵飞燕姐妹的步步紧逼下，班婕妤放弃了对汉成帝的最后那一点幻想——她是那样一个高贵的女子，她的爱情就如纨扇般"皎洁如霜雪""团团似明月"，她怎能容忍如此清澈的生命被践踏、被玷污！

班婕妤终于下定决心，上疏成帝，请求前往长信宫陪伴、奉养太后。

在赵飞燕姐妹一手遮天之时，班婕妤从未想过要和她们去争宠，她从此退出东宫，长伴太后，在凄凉与寂寞中度过她的后半生。

"我双手烤着／生命之火取暖；／火萎了／我也准备走了"（杨绛译英国诗人兰德诗）。

当爱情理想幻灭之后，请给我保留一分最后的尊严。这就是班婕妤的选择。

"弃捐箧笥中，恩情中道绝"，这是团扇的命运，也是班婕妤爱情的结局。

而班婕妤后半生居住的长信宫,与赵昭仪居住的红极一时的昭阳殿往往对举,一冷一热,象征着两种截然不同的女性命运。

最具讽刺意味的是,赵飞燕姐妹专宠十多年,却都没有生育皇子,而其他皇子惨遭迫害之后,终于导致汉成帝没有亲生儿子可以继承皇位,只能在赵飞燕姐妹的运作之下,册封侄子刘欣为皇太子。绥和二年(前7)三月,四十五岁正当盛年的汉成帝暴卒,据说当夜侍寝的正是赵昭仪。一时间朝野上下物议沸腾,皇太后下旨彻查,赵昭仪畏罪自杀。

王莽掌权之后,赵飞燕被废为庶人后自杀。

其实赵飞燕姐妹何尝真正爱过她们的丈夫?她们所做的一切,只是在争夺、挥霍一个皇帝的恩宠。换言之,她们在向一位皇帝无休无止地索取,也因此而付出了惨重的代价,成为史书中的罪人。汉成帝崩逝后,葬于延陵,班婕妤请求前往守陵,她去世之后也葬在陵园之中。

相比赵飞燕姐妹的悲剧结局,班婕妤被"弃捐箧笥中"的命运虽然凄凉,却终于平安度过了一生。

那个男人,她爱了一生,也等了一生。尽管最后她等来的是他的背叛和薄情,但她却从来不想背叛自己心中坚守了一生的爱情理想。退居长信宫以后,班婕妤还曾经写过一篇《自悼赋》,伤感韶华的流逝，哀叹爱情的终结。她不曾料到的是，她写下的那首《怨歌行》，从此创造了一个古典爱情诗歌最重要的意象之一——团扇，又称纨扇、秋扇、画扇、班姬扇。在那些悲情而凄美的爱情诗句里，我们从此常常可以看到类似这样的意象："团扇悲秋""团扇怨秋""纨扇题诗""汉姬纨扇"等等，用来表达女性在爱情中的失落。感情好的时候，女性就如"出入君怀袖"的"合欢扇"，与夫君如胶似漆，形影相随；可是一旦遭遇夫君的冷落，她的命运便如同秋天的扇子一般被"弃捐箧笥中，恩情中道绝"。

更让班婕妤没有料到的是，在南朝梁钟嵘《诗品》对五言诗的品评中，她凭借这首《怨歌行》被排在上品之列，与曹植、阮籍、左思、谢灵运等一流大诗人同一品第。眼光一向苛刻的钟嵘给出的评语是："汉婕妤班姬，《团扇》短章，词旨清捷，怨深文绮，得匹妇之致。"

要知道，在钟嵘的品第中，连曹丕都只位列中品，曹操被排在了下品。

还有让班婕妤没有想到的是，她赋予了"团扇"以爱情忠贞与纯粹的理想，而这个理想又恰恰契合了古代文人士大夫以男女爱情比拟君臣之情的创作思路。"团扇"或"秋扇"从弃妇形象的比拟，又进而延伸出了"逐臣"的象征意义，并且逐渐凝定成为抒发忠臣失意的重要意象。"团扇"意象和贬谪情结从此密切关联，被频频运用在古典诗歌之中。例如唐代大诗人刘禹锡在被贬朗州（今湖南常德）之后，就借用班婕妤创造的团扇意象写下了著名的《团扇歌》，其中这几句几乎可以说就是对班婕妤原诗的化用："团扇复团扇，奉君清暑殿。秋风入庭树，从此不相见。"① 刘禹锡显然也是以团扇在秋天被弃捐的命运，来比拟自己被贬谪的心境。

一千多年后，另外一位著名的才女李清照，也曾引用这个典故"似泪洒、纨扇题诗"②，流露出词人对时光流逝强烈的不舍与不甘，以及对女子爱情与生命消失的不舍与不甘。

又是几百年之后，清代的著名词人纳兰性德，也以班婕妤创造的秋扇意象，写下了那首著名的《木兰花令·拟古决绝词柬友》：

> 人生若只如初见，何事秋风悲画扇。等闲变却故人心，却道故人心易变③。骊山语罢清宵半，泪雨霖铃终不怨。何如

---

① 刘禹锡《团扇歌》："团扇复团扇，奉君清暑殿。秋风入庭树，从此不相见。上有乘鸾女，苍苍网虫遍。明年入怀袖，别是机中练。"

② 李清照《多丽·咏白菊》："小楼寒，夜长帘幕低垂。恨萧萧、无情风雨，夜来揉损琼肌。也不似、贵妃醉脸，也不似、孙寿愁眉。韩令偷香，徐娘傅粉，莫将比拟未新奇。细看取、屈平陶令，风韵正相宜。微风起，清芬蕴藉，不减酴醾。渐秋阑，雪清玉瘦，向人无限依依。似愁凝、汉皋解佩，似泪洒、纨扇题诗。朗月清风，浓烟暗雨，天教憔悴度芳姿。纵爱惜、不知从此，留得几多时。人情好，何须更忆，泽畔东篱。"

③ 此句化用谢朓《和王主簿怨情诗》："平生一顾重，宿昔千金贱。故人心尚永，故人不见。"

薄幸锦衣郎，比翼连枝当日愿。

要是人生都能像初次相见那样纯洁、美丽，那该多好！可为什么总有那么多秋风悲画扇的凄凉故事呢？人心真的就那么善变吗？汉成帝与班婕妤的爱情结局是如此，唐玄宗与杨贵妃的爱情故事又何尝不是另一种悲剧？当年的山盟海誓、比翼连枝的心愿，转瞬就成了再也回不去的过往。

"裁为合欢扇，团团似明月"，那是一位深宫女子的爱情企盼；"人生若只如初见，何事秋风悲画扇。"那是一位多情公子的悲伤感慨。两千多年过去了，"团扇"经历的炎夏与凉秋，成了多少女子一生爱情命运的写照，承载了多少女子一生对爱情的渴求与失落，也寄托了多少逐臣失意的心灵告白。

汉成帝没有许给班婕妤她想要的爱情，文学史却给了她意想不到的荣耀。

然而，尽管文学史赋予了班婕妤那么多耀眼的光环，却都不是她曾经的祈求。那时，她一心所渴望的，只不过是"出入君怀袖，动摇微风发"的温柔陪伴，只不过是"裁为合欢扇，团团似明月"的长相厮守，只不过是"新裂齐纨素，皎洁如霜雪"的纯美爱情。

虽然，在她寂寞的后半生中，她没能留住她曾深爱过的男人，但至少，她留住了爱情的尊严。

3　恨无兮羽翼——徐淑

在司马迁笔下,汉代最浪漫最传奇的爱情和最令人艳羡的寒门才子逆袭的故事完美地集于司马相如一身。据说,当年汉武帝召司马相如进京,司马相如离开成都时,经过升仙桥,"题其门云'不乘赤车驷马,不过汝下'也。"他在成都升仙桥题字立誓:如果不能乘坐四匹马拉的高档专车,那我就没脸回成都见父老乡亲了!

这口气,是相当有抱负、有自信啊。

果然,司马相如后来一路做到"中郎将"的高级职位,并且受汉武帝的委派,到西南招抚四夷,再经过成都时,家乡太守、县令等官员全部出城郊迎,以最高礼节隆重接待这位衣锦还乡的朝廷高官。当年发誓要和女儿女婿断绝关系的卓王孙更是献上了牛羊美酒,还感叹:当初怎么瞎了眼,没有早一点主动把女儿嫁给这样高贵的女婿呢！

升仙桥，见证了司马相如早年的穷途末路，见证了司马相如和卓文君充满传奇色彩的浪漫爱情，见证了司马相如不飞则已一飞冲天的事业历程，当然也证明了两千多年前中国桥梁技术已经取得的成就。

升仙桥是司马相如爱情、事业双丰收的见证者；但，并不是所有相爱的人，都能顺顺利利地为爱搭起一座通往彼此的桥。不是每个人，都能像司马相如一样，给爱情一个完满的结局，给年轻张狂的誓言一个完美的现实答案。

在汉代，另外一个动人心弦的爱情故事，发生在秦嘉和徐淑之间。

秦嘉和徐淑也是一对夫妻，他们共同演绎了汉代最唯美却又是最凄美的一段异地恋，并且留下了史上最早也是最动人的异地恋情书。

秦嘉是甘肃陇西人，生活在汉桓帝时代。他的妻子徐淑是同郡下县人，出身书香门第，是闻名乡里的才女。秦嘉和徐淑结婚后不久，妻子便身染重疾，久治不愈。为了不影响丈夫的工作，徐淑主动要求回娘家养病，而秦嘉也觉得妻子回娘家可以得到更好的照顾，不用分心去照顾公婆、操持诸多家务琐事，所以，虽然彼此恋恋不舍，但秦嘉还是送徐淑回了娘家养病。

就在夫妻分离的这段时间，秦嘉接到朝廷诏令，令其即刻赶赴京城洛阳就任新职。

能够担任京官，是多少读书人梦寐以求的目标；何况，朝廷旨意也不容违抗，秦嘉不得不告别家乡和亲人，准备启程前往洛阳。在动身之前，他唯一放不下的，是徐淑。于是他写了一封信，派人派车带着他的信去接妻子，希望能够在离家之前和徐淑见上一面。

对于秦嘉来说，和妻子当面话别，这不过是夫妻之间最简单的愿望。他没有料到的是，他这一封信，开启了一段被誉为中国最美异地恋的情书之旅。

被中国古代历史记住的绝美情书，此前没有过，此后也再没有被超越过。

那辆飞奔向妻子的马车上，载着秦嘉写给妻子徐淑的第一封信。这封信，翻译成现代白话文，大意是这样的：

虽然我内心很不情愿，但我终究不能免俗，也不敢违拗朝廷的旨意，只能"随俗顺时"，去京城，和别人一样，去追求仕途的成功。我知道你的病还没完全养好，你的内心一定很焦灼痛苦，你一定也像我一样，会因为思念而闷闷不乐、胡思乱想吧？如今，我就要远行了，去风尘中奔走，这不是你想要的生活，也不是我的平生理想。这一来一去，道阻且长，不知道我们要分别多久？

我一想到这里,就按捺不住马上要见到你的渴望。至少,在分别前夕,让我见你一面,把我藏在心里许久的话当面说给你听,好吗?所以,我想晚走两天,先见上你一面,哪怕只见一小会儿都好。现在,我派车子过去接你,你会来的吧?

从车子出发的那一刻起,秦嘉就时不时奔到家门口去,向路的尽头眺望一番,他当然知道马车这一去一回需要多长时间,而且妻子一到家,家人一定会第一时间来通报。但他就是忍不住想要自己去门口看看,他就是想让妻子掀开车帘第一眼看到的人,就是自己。

马车这一去一来,似乎比平时漫长了很多。秦嘉自己都记不清在家门口张望了多少次,直到他看到道路的那一头扬起的灰尘,还有马蹄与车轮的声音传来,他兴奋地撒开两腿奔了过去,完全忘了在家人面前保持自己家主的威严形象。

车夫看到主人,赶紧减速停在主人面前,秦嘉迫不及待地挑开车帘:

车厢是空的!

车厢里没有他日思夜想的妻子,座位上只放着他熟悉的那只装信的木匣子。

他的心一沉:他最担心的事情还是发生了。

妻子没有随车返回,但妻子在信匣子里装上了她亲笔写给丈夫的回信。

可以想象，当徐淑看到丈夫派来的车子，看到丈夫熟悉的笔迹，她有多想立刻飞奔到丈夫的身边！但此刻的她，病体缠绵，根本不能忍受马车的长途颠簸，她强撑着虚弱的身体，从病床上坐起来，给丈夫回了一封信。

妻子没有随车回来，秦嘉怅然若失，唯一的安慰，是妻子的回信。秦嘉打开那幅绢帛，妻子秀丽的笔迹映入眼帘，虽然因为疾病的折磨，笔力显得比往日虚浮一些，但那依然是他最熟悉的样子。徐淑的回信这样说：

我早知道，夫君这块宝玉的光泽迟早会被发现。如今，夫君就要去京城见大世面、做大官了，这虽然算不上什么高洁的事业，但这毕竟是当年孔子都孜孜以求的志向啊！收到你的信的时候，你知道我有多想马上上车奔到你的身边吗？可恨的是，我的身体实在是不争气，要让你失望了。你很快就要动身了，想必行李都已经整理好了吧？"谁谓宋远，跂予望之。"没想到《诗经》里的句子有一天会离我这么近！谁说你去的那个地方离我很遥远呢？我跂起脚就能看到你吧？我留在家里什么都做不了，要远行的是你，最辛苦的那个人应该是你呀。有那么多的高山深谷，等着你去翻越跋涉，这是多难的事情！那么漫长的旅途，你要一个人去行走；冰霜惨烈的岁月，你要一个人去面对，我想想就觉得心很痛。

我只恨，我的身体不能做你的影子，你走到哪儿我就寸步不离地跟到哪儿；我们又不是比目鱼的眼睛，不知道什么时候才能在一起再也不分开。我只能读着写忘忧草的诗篇，企图排遣这两地相思的绵绵忧愁，我会努力忍受今天的苦，因为，我的心，会一直等着，等着我们重逢那一天的快乐。

临别之际，我还有一句话，忍不住想要嘱咐夫君：夫君如今要去那个花花世界了，在五光十色的京城里快活了，夫君可以"观王都之壮丽，察天下之珍妙"了。夫君，你该不会眼花缭乱，喜新厌旧，一去就把我抛在脑后了吧？

"身非形影，何得动而辄俱；体非比目，何得同而不离。"这真是从肺腑里流出来的至情之语。徐淑说出来的是，我不是你的影子，我们俩也不是比目鱼的眼睛，但她心里想的其实就是：我多希望是你的影子，我多希望，我俩就像比目鱼的眼睛一辈子都不会分离。

原本失望至极的秦嘉，因为妻子这封情深意切的回信，才感到了一丝安慰。

他奔回书房，提笔给妻子写了第二封信：

"车还空反，甚失所望！"看到车子空空荡荡地回来，你知道我有多失望吗！又看了你写给我的回信，那份因为远别的忧伤怅恨跟我的心情是一样的呀。这次我见不到你了，那就给你送几份礼物，让它们代替我、暂时陪伴在你身边吧。最近我得到了一面镜子，这面镜子真是不可多得的宝物，不仅明亮好看，而且装饰色彩都是世间罕见，我非常喜欢，所以把它送给你。还有一对宝钗、四种上等的香料以及一张素琴，一并送给你。琴虽然不是新的，但它是我平时经常弹的那一张。明镜可以照见你的容颜，宝钗可以装饰你的发型，香料可以包裹你的身体，素琴可以愉悦你的耳朵。希望你会喜欢。

马车马不停蹄，不辞辛劳地奔走在两地之间，那一路的尘土，飞扬着浓得化不开的相思。

徐淑想到过丈夫尽管急着上路但还是会给自己回信，她没想到的是，随着回信一起到来的，还有四样饱含深意的礼物——礼物有多贵重不重要，重要的是送礼物的人有多走心。

四样礼物，每一样都是秦嘉最用心的爱的表达，每一样都精准地戳中了徐淑的内心。

徐淑更没想到的是，随着回信和四样礼物一起到来的，还有秦嘉写给自己的三首诗。其中第一首说："遣车迎子还，空往复空返。省书情凄怆，临食不能饭。独坐空房中，谁与相劝勉。长夜不能眠，伏枕独辗转。"

我派车去接你，没想到车子空着去又空着回。读着你的信，我的内心充满忧伤，没有你坐在身边，我食不甘味，没有你躺在身边,我长夜难眠。你不在,我的孤独又有谁能知道、谁能安慰呢?

在《赠妇诗三首》中的第二首中,秦嘉这样写道:

> 皇灵无私亲,为善荷天禄。伤我与尔身,少小罹茕独。
> 既得结大义,欢乐苦不足。念当远离别,思念叙款曲。
> 河广无舟梁,道近隔丘陆。临路怀惆怅,中驾正踯躅。
> 浮云起高山,悲风激深谷。良马不回鞍,轻车不转毂。
> 针药可屡进,愁思难为数。贞士笃终始,恩义不可属。

在这首诗中,秦嘉首先表达了对命运的困惑:不是说善良的人都会蒙受上天赐予的福禄吗?为什么像你我这样的人,却从小就要忍受苦难与孤独?我们好不容易结了婚,终于成了在这个世界上可以温暖彼此的人,可欢乐却是那么短暂。接着,秦嘉就倾诉了对分离的不舍:我还没来得及好好感受你的温存,就要离开你远行了,只能靠书信和诗篇来遥寄我的思念。我恨啊,恨"河广无舟梁,道近隔丘陆"!我恨的是,我们之间隔着那么宽阔的河,却没有船、没有桥让我们渡河相见,我们之间隔着重重山峰丘陵,道路那么遥远,想见一面怎么那么难!怎么那么难!

很显然,诗中的"河广无舟梁,道近隔丘陆"并不是事实。因为在秦嘉和徐淑两地之间，马车几天之内往返了好几次，这说明两地之间尽管隔得是有点远，交通也的确是不太方便，但也绝非遥不可及，绝不是道路不通、桥梁断绝。只是命运给了他们另外一种不可抗的安排：安排丈夫远行做官，安排妻子病重卧床。连夫妻相见这么朴实的愿望，在那一刻都成了奢望。

秦嘉说，他就要出发了，轻车良马，这一路往前，再没有回头路可以走了。妻子的病可以用针药调养，可是，绵绵思念该怎么排遣呢？

秦嘉当然知道，离别之际妻子最担心的是什么！诗的最后，他给了妻子一颗定心丸："贞士笃终始，恩义不可属。"你放心，我们夫妻之间的深情绝对不会变，我对你的心也绝对不会改变！

秦嘉的诗是对妻子疑虑的最好回应：我要到的那个花花世界绝对不会让我目眩神迷，"愿得一心人，白头不相离"的那个"一心人"，永远是你，而且，只有你！

马车载着秦嘉的信、诗和礼物一路奔向徐淑。

秦嘉没有急着动身，他有一种预感：在出发前，他还能等到妻子的回音！

身无彩凤双飞翼，心有灵犀一点通。在秦嘉出发前的最后一刻，他果然，收到了来自妻子的第二封回信：

你真好，不仅这么快给我回了信，还送了我那么多珍贵的礼物。你对我的一片深情，比我想要得到的还多得多。镜子很漂亮，宝钗也很别致，香料是难得的珍品，素琴就更不用说了。礼物珍稀还在其次，最让我感动的，是你送我的，都是你自己最心爱的物品。如果不是爱得太深，你又怎会如此慷慨。我照着这面镜子，拿着你送的宝钗，就仿佛你情意绵绵地站在我的身边。我轻轻抚着你平时爱弹的素琴，吟咏着你平时也爱吟咏的诗篇，思念就打成了一个解不开的结。你告诉我说，香料可以包裹我的身体，明镜可以照见我的容颜，我懂你的情，但你还是不懂我的心。从前，有一位女诗人，她的丈夫远行之后，她就再也不肯梳妆打扮，宁可让"首如飞蓬"，头发就像风中凌乱的蓬草一样，班婕妤也有过女为谁容的感叹，现在的我，就像她们一样啊。你不在我身边，我打扮给谁看呢？琴弹给谁听呢？下一次弹琴，是夫君你回家的时候了，下一次照镜子，也要等到你归来的一刻了。你不在我身边，宝钗我是不会戴上的，你不在我床前，香料我也是不会打开的。

在信中，徐淑写了那么多悲伤而美丽的句子，其实千言万语化为一句，那就是：我等着你！

随信一起返回的，还有徐淑回赠秦嘉的一首五言诗。徐淑的诗是这样写的：

> 妾身兮不令，婴疾兮来归。沉滞兮家门，历时兮不差。
> 旷废兮侍觐，情敬兮有违。君今兮奉命，远适兮京师。
> 悠悠兮离别，无因兮叙怀。瞻望兮踊跃，伫立兮徘徊。
> 思君兮感结，梦想兮容辉。君发兮引迈，去我兮日乖。
> 恨无兮羽翼，高飞兮相追。长吟兮永叹，泪下兮沾衣。

徐淑的诗中充满了深深的自责与对丈夫深切的牵挂。她说，自己身体不好，只能拖着病体回娘家休养，却不料久治不愈，再也不能朝夕侍奉公婆、陪伴在夫君左右，实在是辜负了夫妻之间的这一番真情。如今夫君即将奉诏远赴京师，从此别离悠悠，竟还不能当面话别倾诉衷肠，自己踮着脚尖、久久伫立与徘徊，任由思念的情绪郁结于心，任由夫君的容颜夜夜出现在梦中。夫君渐行渐远，我还能看到你吗？还能追上你的足迹吗？

"恨无兮羽翼，高飞兮相追。长吟兮永叹，泪下兮沾衣。"秦嘉的诗中说，"河广无舟梁，道近隔丘陆"；徐淑的答诗就说，我只恨自己没有一双可以高飞的翅膀，陪伴你一路远行；我会一直眺望着你的方向，任由泪水浸湿我的衣裳……

这，应该是文献记载最可靠、最早的夫妻之间的赠答诗了。

南朝钟嵘在他品评五言诗的著作《诗品》中评价说，两汉五言诗写得好的女性统共只有两位，一位是班婕妤，另一位是徐淑。

这样的评价或许可以看作是钟嵘的一家之言，但这样凄美的爱情深深打动的，绝不止钟嵘一人。

更悲伤的故事还在后面。带着绵绵不绝的思念，秦嘉远赴京城为官，并且升至黄门郎。但，没过几年，他在一次出差途中病逝于津乡亭。

他和徐淑都没有想到，那一次"空往复空返"的马车传信之旅，竟然是他们留给这个世界的最动人的背影。

那时，他们以为再见不会太遥远。他们从来不曾想过，他们心心念念的"再见"竟然成了"再也不见"。

"河广无舟梁，道近隔丘陆。"这回的河广与道远，就是天上人间的距离了。

徐淑终究没有等回她最爱的人。她和秦嘉膝下只有一个女儿，为了给秦嘉传续香火，她又领养了一个儿子。秦嘉去世的时候，徐淑还年轻貌美，且家世良好，上门提亲者众多。她的兄弟想逼她嫁人，徐淑于是写了一封信给兄弟，表达了自己誓死不嫁的决心——她不是为了守住世俗所谓的名节，她只是走不出自己的深爱。

在徐淑的心灵世界里，只有一座桥，桥的那头，是秦嘉。此桥一断，再也没有替代。

"河广无舟梁，道近隔丘陆。"或许，现实中的桥梁技术越发达，人们对桥梁的连接功能越是充满更多的期待，对心灵世界中无法跨越的阻隔越是充满着更浓郁的悲伤。现实中桥梁技术的发展为人们的生活不断提高着幸福指数，但，最美的诗歌却总是在最忧伤的心灵世界里徜徉徘徊。

所以，如果深爱，请搭一座通往彼此心灵的桥。

我甚至忽然有了这样一种私心：如果所有的"阻隔"和"断裂"都可以通过一座桥来弥补，那么我希望，在任何我们需要的地方，都会有那样一座桥，满足我们对于幸福的期待；哪怕平凡的幸福也许会让我们失去那些忧伤的诗歌。那我也宁可留下的只有幸福！

4 难得有心郎——鱼玄机

20世纪80年代的时候,香港邵氏兄弟公司制作了一部电影名叫《唐朝豪放女》,影片的摄影效果很唯美,颇有点大唐诗情画意的感觉,情节坎坷动人,甚至影片中关于大唐文化的很多设计也比较符合历史事实,例如蹴鞠、铸剑、昆仑奴、波斯歌女等。而且,这部片子的女主角是以唐朝真实的历史人物为原型的。在我们的印象中,唐朝本来就是一个相对更为"豪放"的时代,尤其是生活在这个朝代的女性,称得上是"豪放女"的女性似乎比其他朝代多得多啊!像武则天、上官婉儿、太平公主等等,都是有权有势、有地位有才华的著名女性。那么,最令人好奇的便是,在《唐朝豪放女》这部电影中,到底是哪位女子一举摘到了"唐朝豪放女"这项"桂冠"呢?

要揭晓这个问题的答案,只要稍微了解一下《唐朝豪放女》这部片子的结尾就明白了。女主角"唐朝豪放女"因为误杀了婢女绿翘,获罪下狱,被处以死刑。在铡刀即将落下的一刹那,她离别多年的恋人突然出现在法场,他为了自己深爱的女人而企图抢劫法场,于是电影最后一段出现了这样的对话:

男主角:玄机,你为什么不走?
女主角:我走过了很多女人不敢走的路,没心情再走。博侯,你为什么不流浪?
男主角:救了你一起流浪,救不了你,还流浪什么?我陪你一起死。

这类电影情节当然是虚构的,只是为了迎合观众对英雄救美的心理期待,完全不能当真,甚至男主角的名字"博侯"在历史文献中也找不到任何依据。但男主角深情呼唤的"玄机",却是大唐历史中真实的存在,她就是晚唐著名女诗人鱼玄机。

传说鱼玄机最有名的一首爱情诗,就是写于她与深爱的丈夫分手之后,其中的两句还成了流传千古的经典爱情名句——"易求无价宝,难得有心郎。"这应该是很多古代女性对爱情的一种基本看法:千金易得,真正的爱情却是稀世珍宝。而在古代,这样的诗句还反映出了特定的社会意义:当时的婚姻制度与伦理观念赋予了男人在婚姻爱情中的特权和主导地位,女性作为弱势群体对爱情的追求变得尤为艰难。因此"易求无价宝,难得有心郎"的潜台词其实应该是:在视爱情为生命的女性眼中,只要能够遇到一位"有心郎",那么她愿意付出一切代价,金钱财富又算得了什么!

这样掷地有声的爱情宣言,正是出自鱼玄机的一首五律:

羞日遮罗袖,愁春懒起妆。
易求无价宝,难得有心郎。
枕上潜垂泪,花间暗断肠。
自能窥宋玉,何必恨王昌?

这首诗的诗名是《寄李亿员外》[1],这说明鱼玄机此生真正交付过全身心爱情的那个人,和电影中虚构的男主角不同,而应该是诗题中的"李亿员外",这才是鱼玄机爱情生命中唯一的男主角。

鱼玄机,初名鱼幼微,字蕙兰。唐代著名的女诗人之一,流传到今天的诗作还有五十余首。古代女诗人作品的传播和保存都极为不易,宋代女词人李清照的词作流传到今天可靠的也不过

---

[1] 五代后蜀韦縠《才调集》卷10。

五六十首而已，因此五十首已经是很了不得的数字了。如果在网上搜索一下会发现，鱼玄机被誉为唐代四大女诗人之一：薛涛、李冶、鱼玄机、刘采春。其实在这四个人中，刘采春只有几首疑似的作品传世，前三位才能称得上真正的女诗人。而鱼玄机与薛涛、李冶这三位著名女诗人还拥有一个共同的身份——女道士，因此又并称为唐代"女冠三杰"。明代文学家钟惺在《名媛诗归》中，甚至评价鱼玄机"盖才媛中之诗圣也"。

那么，接下来的问题是，鱼玄机真的像电影所塑造的那样，是一位放纵不羁、爱自由的大唐豪放女吗？诗题中出现的这位"李亿员外"，和鱼玄机究竟发生了一段怎样的爱情故事？她又怎么会成为一名女道士呢？

要回答这些问题，我们还是先从这首《寄李亿员外》说起。

从诗意来看，这应该是鱼玄机在表达爱情失落时的幽怨之情。首联一个"羞"字、一个"懒"字，就透露出强烈的失意情绪：这是一个晴朗的春日，日上三竿，可是女诗人依然没情没绪地躺在床上，懒得起床去梳妆打扮。阳光明媚，她却没有丝毫欣赏的情绪，反而嫌光线太刺眼，而且衬托得自己更加黯淡慵懒，她觉得很是羞愧，于是干脆用衣袖遮住了眼睛，故意不去看阳光——她为什么变得如此懒怠呢？

因为"愁"，因为心情不好。而且心情不好的原因不是通常的伤春愁绪，接下来的颔联就揭示了诗人愁绪的原因："易求无价宝，难得有心郎。"

原来是失恋让她丧失了生活的激情和快乐。在这样一个晴好的春天，她本来应该和深爱的"有心郎"一起去踏春、赏花，或者一起品茶、饮酒、吟诗作对，享受幸福的恋爱时光。可是事实怎么样呢？"有心郎"早就不在身边，只剩下她一个人苦苦煎熬着时光，即便起床梳妆了，打扮得美美的又能给谁看呢？她只能是"枕上潜垂泪，花间暗断肠"。在一个又一个漫长的深夜里，偷偷躲在被子里哭，泪水一次又一次浸湿了枕头；她只能在一个又一个寂寞的白天里，独自在盛开的花丛里顾影自怜、愁肠寸断。

前三联流露出来的孤独、幽怨情绪都很容易理解，倒是尾联连用了两个典故，让人感觉有点捉摸不透诗人想要表达的意思了："自能窥宋玉，何必恨王昌？"

宋玉和王昌是古代两位著名的美男子。宋玉是战国末期楚国人，他写过一篇著名的《登徒子好色赋》，其中说到他的邻居家住的是楚国第一美女，这个邻家美女暗恋了他三年，还常常躲在墙头偷偷看他。王昌也是传说中的美男子，不知俘虏过多少少女的芳心。唐代诗人崔颢就写过"十五嫁王昌，盈盈入画堂"的诗句，表达的正是少女嫁给如意郎君的满满幸福感。

鱼玄机诗中最后两句"自能窥宋玉，何必恨王昌"，按字面上的意思来理解，似乎应该是自从有了"宋玉"之后，以前与"王昌"的恩恩怨怨就可以一笔勾销了；虽然从前被"王昌"薄情抛弃，已经分手就不必再心存恨意，还是好好珍惜眼前与"宋玉"的美好恋情吧！鱼玄机当然是用历史上的典故来影射自身的恋爱遭遇。既然这首诗是她失恋以后写给"前任"李亿的，那么已经分手的负心人"王昌"对应的可能就是现实中的"李亿员外"，而"宋玉"则可能是她现在正在交往的男性。更或者，很可能现实中压根儿就没有一个确定的"宋玉"，他只是诗人为了向前任证明自己的坚强，证明自己"不在乎"，而故意捏造出来的一个现任男友而已。

既然这首诗基本可以确定是鱼玄机写给前任李亿员外的一首怨情诗，那么鱼玄机和李亿员外之间究竟发生过什么呢？

由于文献极其匮乏，我们很难具体还原鱼玄机和李亿之间的爱情经历，但根据一些零星的笔记和鱼玄机自己的诗作记载，推测并大致勾勒出他们交往的轨迹还是有可能的。

李亿，字子安，唐宣宗大中十二年（858）高中状元。奇怪的是，这样一个堂堂的状元，却几乎没有留下任何生平资料。如果不是依靠鱼玄机留下的不少直接标明写给他的诗，历史上就几乎看不到关于李亿的任何踪迹。假如在网上搜索"李亿"这个名字，他的身份标签就只能是"唐代女诗人鱼玄机的丈夫"。这说明，李亿这个人在政治上、文学上都没有任何特别的建树，以至于无论是正史还是野史，都没有对他表现出较大的兴趣。如果没有鱼玄机为他写了那么多诗：《寄李亿员外》《情书寄李子安》《春情寄子安》《隔汉江寄子安》《江陵愁望寄子安》《寄子安》……李亿也就完全成了被历史遗忘的一个默默无闻之辈。

但按常理推测，作为唐朝科举制度下产生的状元，李亿的家族绝不应该是默默无闻的，因为唐朝科举还没有采取糊名制度，如果没有强大的社会关系网或家族名望，要在考试中独占鳌头的可能性微乎其微。因此理论上说，李亿应该也是出自名门望族，家世非同寻常。与李亿出身豪门不同的是，鱼玄机虽然是长安人，自小在长安长大，但她的出身却只是极为普通的家庭。然而，恰恰是这个出身卑微的小女子，却偏偏"色既倾国，思乃入神"①，容貌倾城倾国，才情敏捷，文采飞扬。

鱼玄机对自己的才情也颇为自信，她曾经写过这样的诗句："自恨罗衣掩诗句，举头空羡榜中名。"②这是有一次她看到进士放榜时的有感而发：如果她不是身着"罗衣"的一介女子，那么她就不用羡慕榜上题名的那些新科进士了 —— 因为她要是男人的话，榜上题名的一定有她。《唐才子传》在评价鱼玄机的时候也说："使

---

① 皇甫枚《三水小牍》。
② 鱼玄机《游崇真观南楼睹新及第题名处》："云峰满目放春晴，历历银钩指下生。自恨罗衣掩诗句，举头空羡榜中名。"

为一男子，必有用之才。"

繁华的长安城向来不会埋没才子才女，鱼玄机的才名和艳名也就不胫而走。如果李亿并非长安人，那么鱼玄机与李亿的初识很有可能就是在李亿赴长安应考的时候。尤其是唐代的进士们向来以风流自许，他们聚在一起谈论起长安的名人，鱼玄机自然是被提及频率最高的名字之一。

鱼玄机就这样走进了李亿的世界。

李亿是状元，才华自不用说；他还一定很帅，因为鱼玄机的诗中说到宋玉、王昌这样的美男子，其实就是将李亿的才貌与他们相提并论。新科状元的才情与风度，让小女子鱼玄机一见倾心；而鱼玄机的美貌与颖慧，也让新科状元李亿怦然心动。

这一年，鱼玄机很可能才刚刚十五岁，正是及笄之年，如花的岁月。

才子与佳人，一见钟情，两心相许，爱情来得很突然，却也似乎是一种必然，炙热的温度迅速上升到了沸点。

然而，这样的爱情从一开始就蕴含着一些不对等的因素。对于鱼玄机而言，李亿从此就是她生命的全部；对李亿来说，他的人生却才刚刚开始，鱼玄机只是他世界的一个角落。

此时的李亿，至少面临人生的两大关卡：其一为婚姻，其二为仕途。

先来看婚姻。唐朝的进士尤其是状元，大多出身名门，一朝蟾宫折桂，往往会成为名门贵族选婿的重要对象。按照门当户对的原则，李亿婚娶的对象必然也是名门闺秀。堂堂的状元夫人，绝对不可能是像鱼玄机这样出身寒微的小户女子。

在情感上，李亿沉浸在鱼玄机的柔情似水之中不能自拔；可是在理智上，李亿又清楚地知道，他不可能为了爱情而舍弃自己的锦绣前程。更何况，此时的李亿，很可能在其家乡已有家室。

在排山倒海的爱情面前，一切困难都可以被忽视。"易求无价宝，难得有心郎"，名分并不是最重要的，鱼玄机甘愿以侍妾身份陪伴在李亿左右，前提是，李亿就是她生命中的那个"有心郎"。

"十五嫁王昌，盈盈入画堂"，唐人的诗句或许正能说明此时鱼玄机的心情，嫁得"王昌"这样才貌双全的如意郎君，会不会是她一生最幸运的选择呢？

再来看仕途。按照唐朝的制度，新科进士通常并不会被马上授予官职，还需要通过吏部等部门的选拔考试。对于读书人而言，考中进士还只是成为官场的候选人员，要真正进入仕途，还需要过五关斩六将。李亿也是如此，根据当代学者的推测，李亿高中状元后并未直接释褐为官，而是先辗转入幕府任职，这也是唐代进士的重要求职渠道之一。例如，澳门大学教授贾晋华就认为，李亿很可能在中状元之后不久，即离开长安进入了鄂岳观察使幕府，来到了湖北的鄂州，踏上了仕途的第一步。

生在长安、长在长安的鱼玄机，才刚刚品尝到爱情的甜蜜，就又面临了分离。"水柔逐器知难定，云出无心肯再归。惆怅春风楚江暮，鸳鸯一只失群飞"。鱼玄机的这首《送别》诗，有可能便是在长安送别李亿所作，"楚江"一词暗示李亿所去之地为湖北。诗中她将爱人的行踪不定，比喻为流水和浮云，谁能知道浮云和流水最终会停留在什么地方呢？爱人离去之后，原本双飞双栖的鸳鸯，从此只能孤独地飘零流浪。那是她相许一生的丈夫，可漂泊不定的丈夫能否像她一样一生钟情？

如果说刚刚陷入热恋中的少女鱼玄机，骨子里真有那么一些豪放不羁元素的话，那么接下来她做出的选择，才真正是初步显露了她"豪放"的潜质——与其徒劳地沉溺于相思的焦虑，还不如抛下一切、追随情郎而去。

以爱的名义，鱼玄机做出了一个极为大胆的决定：追到湖北去，无论如何，也要与丈夫相守在一起。

一个十多岁的弱女子，就这样毅然离开了她熟悉的家乡，跋山涉水去追赶她深爱的人。

鱼玄机一路追随李亿到了鄂州，为了爱，她穿过了千山万水的阻隔。而现在，丈夫就在汉江对岸，她却仍然不能与他朝朝暮暮地厮守。

越是矛盾的爱情，越是容易让人深陷其中。此刻，鱼玄机和李亿面临的最大矛盾便是，在鄂州任上，李亿的正室夫人很可能随行，这有可能是鱼玄机和李亿不能朝夕相守的主要原因。

不能因此断言李亿的夫人就一定是一个悍妒的妇人，但至少可以肯定，鱼玄机自始至终都没有被夫人接纳。因此，即便与李亿工作的地方仅仅一条汉江之隔，鱼玄机也并不能常常见到她的丈夫。大多数时候，她都只能徘徊在汉江岸边，遥望丈夫所在的方向。"江南江北愁望，相思相忆空吟。鸳鸯暖卧沙浦，鸂鶒闲飞橘林。烟里歌声隐隐，渡头月色沉沉。含情咫尺千里，况听家家远砧"，这是鱼玄机在汉江边写下的相思诗篇《隔汉江寄子安》。

虽然鱼玄机的身份只是李亿的一个侍妾，身份低微，但在鱼玄机的心中，李亿却是她唯一深爱的丈夫。夫妻如今近在咫尺，却仍然只能隔着一条汉江，江南江北地彼此遥望。她无比怀念在长安时候的旖旎时光，两人一起吟诗、一起相拥，如今却只能看着成双成对的鸳鸯、鸂鶒在水边栖息嬉戏、在林子里自在双飞。她整日整日地在江边流连，聆听着隐隐传来的歌声，直到渡口的月色沉沉——她守望了整整一天的渡口，又没有出现她苦苦等待的那个身影。她只能在月色的陪伴下失望地回去，远远的捣衣声更增添了她内心的孤独与忧伤。

李亿当然偶尔也能渡江来看望她，但欢聚的时光总是太短暂，相思却是一种常态,"忆君心似西江水,日夜东流无歇时"①。在湖北有时聚、有时分的日子,最是他们的爱情甜蜜与痛苦交织的时光,江南江北,咫尺千里,这样的日子一熬就是几年。

大约在863年,也就是唐懿宗咸通四年,李亿辗转到山西太原入河东节度使刘潼幕府任职,而苦苦煎熬了几年的鱼玄机终于盼到了云开月明的时候——这一次,李亿带着鱼玄机来到了太原,而李亿的夫人似乎并未随行。

从咸通四年到咸通七年(863—866),这是鱼玄机一生之中最快乐的时光,她做梦都盼望着的"鸳鸯暖卧沙浦"终于成为现实。她终于可以日日守着他的夫君,为他读诗,为他缝衣,为他留一缕烛光等着他夜归。这样相依相伴的岁月,成为鱼玄机一生最难忘的美好回忆;甚至山西的山山水水、风土人情,在她眼里也变得尤其活泼可爱了。

"汾川三月雨,晋水百花春"②,太原的春天百花盛开,雨过水涨,满目春光,正是最美好的季节。李亿大概也很得上司的赏识,待遇较为优厚,他们在山西的日子过得很惬意。而鱼玄机作为李亿的随行女眷,甚至还有机会接触到丈夫的上司——河东节度使

---

① 鱼玄机《江陵愁望寄子安》:"枫叶千枝复万枝,江桥掩映暮帆迟。忆君心似西江水,日夜东流无歇时。"
② 鱼玄机《寄刘尚书》。

刘潼。她热烈赞美刘潼的政绩，在他的治理下，山西正处于最太平繁荣的时期。

更重要的是，在刘潼幕府期间，李亿才真正给了鱼玄机她一直翘首期待的一个身份——她终于能以妻子的身份陪伴在丈夫的身边。这对很多大家闺秀而言是最正常的希望，对鱼玄机而言，却是最难得到的奢侈，所以她无比珍惜这样的时光。

在山西的时候，李亿甚至还能常常带着鱼玄机出席许多宴会、朋友聚会、活动，他们一起吟诗、一起打球、一起骑马郊游、一起爬山览胜……王屋山、壶关等山西名胜都留下了他们双行双止的足迹，留下了他们的欢笑声与读书声，那将是鱼玄机铭记一生的回忆。

咸通七年（866），刘潼调离太原，李亿也结束了在河东节度使幕府的工作，携鱼玄机回到长安。

李亿回到长安之后任"补阙"，这很可能是他在朝廷正式任职的开始。这一年，离他当年高中状元的858年，已经过去了八年。五代人孙光宪的《北梦琐言》记载鱼玄机"为李亿补阙执箕帚"，簸箕、扫帚都是日常打扫卫生的工具，意指干粗活，暗示了鱼玄机的身份是李亿的侍妾。元代人辛文房《唐才子传》也说鱼玄机"为李亿补阙侍宠"。补阙的原意是匡补君王的缺失，作为唐代的官名，主要职能即讽谏君王过失，属于言官，品级为从七品上，官阶虽然不算太高，但已经是一个比较清要的职位了。

李亿与鱼玄机的夫妻关系是不容置疑的，但不同文献对鱼玄机嫁给李亿的时间却颇有些矛盾的地方，难有定论。根据鱼玄机的诗篇推测，有可能直到咸通七年，李亿结束长达八年的幕府生涯回朝任官之后，他与鱼玄机的婚姻关系才被正式公开，因此也有人认为直到此时鱼玄机才嫁与李亿为侍妾。

漂泊数年，终于能够回到故乡，按理说，结束了寄人篱下的异乡生活，鱼玄机和李亿的爱情应该是苦尽甘来了。没想到的是，长安既是她邂逅爱情的幸福场，也将是她诀别爱情的伤心地。

李亿定居长安之后不久，鱼玄机就不得不离开深爱的丈夫。至于他们"离婚"的原因，《唐才子传》说是"夫人妒，不能容"，《北梦琐言》则直言是李亿对鱼玄机"后爱衰"。

我想，也许这两种原因兼而有之。因为既然李亿回朝任职，他的正室夫人理应随之迁到了长安，这可能直接导致了李亿与鱼玄机不可能再像山西幕府时期一样双宿双飞、形影不离。

夫人的直接干涉，初涉朝廷官场的种种变化，让李亿的爱情再也不能专注于那个对他一往情深的女子。鱼玄机的爱情该何去何从？长安固然是她的家乡，但看来鱼玄机在长安并没有任何值得依靠的亲戚，除了丈夫李亿，在长安，她没有亲人，也无处可去。

就在这样的左右为难中，寄托了她所有爱情、所有希望和所有依靠的丈夫李亿,做出了一个决定——将鱼玄机送入长安城外的咸宜观,从此她的身份从李亿的侍妾,变成了一名女道士。

这到底是李亿单方面的决定,还是李亿与鱼玄机商量的结果,我们已很难判断。但无论如何,这样的决定一定伤透了鱼玄机的心,然而她没有半点抗争的能力——在唐宋时期,侍妾的身份,注定了她们的命运只能任人主宰,可以随意被买卖、赠送、驱逐……既然侍妾的地位注定卑贱,当然绝不可能与妻子一样等同对待。唐代的法律甚至明文规定严禁将侍妾扶正为妻子,若违禁要被处以严厉的刑罚。而妻子作为主管家庭内务的一家之主,对侍妾也有处分的权力。总而言之,侍妾没有独立的人格,她的命运从来都不掌握在自己的手里。

这样看来,李亿将"爱衰"之后的鱼玄机遣送进道观,相比那些被殴打虐待、被随意买卖的侍妾来说,似乎还算是一个比较"善良"的决定。因为至少,他还给了鱼玄机一个相对自由的身份——咸宜观本是唐玄宗与武惠妃的爱女咸宜公主曾经出家的地方,后来长安城皇亲国戚的一些女眷也常常在这里出家,因此咸宜观在长安的地位并不低。

不过,对于鱼玄机来说,咸宜观是不是一个地位"高贵"的道观,这并不重要。残酷的事实是:在那些年情深似海、相思相忆的恩爱缠绵过后,她最终成了李亿的弃妾,从此李亿不再是她唯一的夫君。

从此，长安城中再也看不到那个柔情似水的小女子，李亿的身边再也看不到那个小鸟依人般美丽的女诗人。鱼玄机用自己全部的爱情生命，换来的却只是最终被抛弃。

痛定思痛之后的鱼玄机，一袭道袍，一顶黄冠，最绝望的黑暗过后，长安人看到了一个完全不同以往的鱼玄机——她突然变身成为长安最有名气的女冠诗人，"风月赏玩之佳句，往往播于士林""风流之士，争修饰以求狎，或载酒谐之者，必鸣琴赋诗，间以谑浪"①。她那些柔情万种、灵动飘逸的诗句，不再只有李亿一个读者，无数名士才子为她倾国倾城的才貌所倾倒，争相与她酬唱往来，她笔下的名句更是被频频刷爆了长安城名士的"朋友圈"。一个真正的"唐朝豪放女"，似乎直到这个时候才突然出现在世人眼前，惊艳了长安城，惊艳了整个大唐诗坛。

长安城依然繁华热闹，咸宜观依然冠带车马往来不绝，鱼玄机似乎完成了从一个卑贱的侍妾到诗坛明星的华丽转型，"时京师诸宫宇女郎，皆清俊济楚，簪星曳月，惟以吟咏自遣，玄机杰出，多见酬酢云"②。在长安城人才济济的名媛圈子里，鱼玄机是最为出类拔萃的那一位。这很有点类似于欧洲中世纪以名媛为核心的

---

① 皇甫枚《三水小牍》。
② 辛文房编《唐才子传》。

文化沙龙，在那些文化沙龙中，往往聚集了当代最一流的文学艺术名家，通过彼此之间的切磋交流，推动着文学艺术发展的历史进程。

但，无论鱼玄机看上去有多么风光、多么受欢迎，毕竟女道士的生活并非她心甘情愿的追求，这只是她被弃之后为了生存的无奈选择。可能只有她自己才知道，所有外表的风光无限，都只是为了掩饰内心的深深绝望与悲凉，无数个冰冷而漫长的黑夜里，她只能是独自"枕上潜垂泪"；无数个春暖花开的日子里，她也只能流连花间、暗自断肠。她赢得了整个长安城"风流之士"的争相亲近又如何？"自能窥宋玉，何必恨王昌"，这看上去貌似豪放豁达的句子，实则蕴含着多么深刻的悲哀；"何必恨"的背后，实则是永远不能释怀的爱。

十五岁的时候，她嫁与了倾心相许的"王昌"；被抛弃之后，尽管还有像"宋玉"那样的英俊才子在她的身边来来去去，但她真正想要的，只不过是一个"有心郎"而已。

输了一个你，就算赢了全世界又如何？

这首《寄李亿员外》据说就是鱼玄机被李亿抛弃之后写的怨情诗，"有怨李诗云：'易求无价宝，难得有心郎。'"[①] 这是"多么痛

---

① 辛文房编《唐才子传》。

的领悟"！

《寄李亿员外》，还有一些版本的诗题作《赠邻女》。可能，在被弃于咸宜观之后，鱼玄机也曾将这首诗赠予过邻家的女孩，以自己惨痛的爱情经历，来宽解、警醒饱受爱情折磨的邻家"闺蜜"。

值得注意的是，鱼玄机写给李亿的诸多诗篇，都是称呼李亿为"子安"，以字称呼夫君，亲昵中还饱含着敬爱之情，那是他们数年夫妻深情的体现。然而这首分手之后的怨诗，诗题却以"员外"这样的官名来称呼以前的丈夫。李亿后来有没有升到过"员外郎"这样的官阶不得而知，但员外亦可泛指有钱有势的人，以官职称呼对方，看似尊敬，实则是多么悲凉的疏远。

如果这首诗真是分手后鱼玄机寄给李亿的怨诗，那么"自能窥宋玉，何必恨王昌"翻译成白话文，表达的大约是这样的意思：虽然你抛弃了我，我也不必记恨你，因为我还可以去追求新的爱情，我还可以拥有新的生活。

然而，这样的句子读来读去，我总觉得那是鱼玄机在"前夫"面前故作洒脱之词，目的只是为了掩饰自己的痛苦。也许，鱼玄机本质上还是一个倔强而自尊的女子，始终不愿在人前流露出她的脆弱和无助，尤其，那个人还是她曾经唯一的所爱。

其实，在"易求无价宝，难得有心郎"这样的诗句里，在鱼玄机内心深处，对李亿终究是怨多过了爱吧？

作为一名地位卑微、没有人身自由的侍妾，鱼玄机的被弃是那个时代同类女性不幸命运的缩影。但鱼玄机的与众不同之处，在于她将个人命运的不幸上升到了对爱情共同理想的一种反思——"易求无价宝，难得有心郎"。在她的爱情观里，物质金钱这些外在条件不是她的追求，她最看重的始终是一心一意的真爱。

以她个人的力量，她无法对抗当时强大的社会伦理习俗，但她以自己掷地有声的诗句，透露出在那个时代女性寻求突破、寻求人格独立和自由的顽强意识。正因为"鱼玄机们"为此付出过不懈的努力和沉重的代价，她们的诗篇才能产生超越时空的巨大力量，让今天的我们依旧为之动容，并且深刻反思女性命运历史性进步的历程：其实我们的每一步都走得很艰难，每一步都值得我们珍惜。

"易求无价宝，难得有心郎"，或许，鱼玄机想通过这样的句子告诉我们：爱情，可以被放弃，却不会被忘记。

将绝望的背影留给自己，将爱情的领悟留给这个世界。千金易得，真爱难求——如果爱，请深爱！

5　人比黄花瘦——李清照

中国古代的爱情故事最常见的是"才子佳人"模式：往往是一个盖世才子爱上或者娶了一位绝代佳人，然后演绎出一段惊天地泣鬼神的爱情传奇。不过这样的故事模式化之后，可能也容易让人产生审美疲劳。《红楼梦》里贾母不就说过吗："这些书都是一个套子，左不过是些佳人才子，最没趣儿。"虽然贾母评价的是戏曲里那些虚构的故事，左不过是一个"私订终身后花园，落难公子中状元"的套路。不过在中国的古代，才子佳人确实是最常见的婚姻模式，因为古代良家女子的教育并不注重文化知识，而重在女红针黹，终身目标也就是成为一个合格的家庭主妇；男子则不同，"学而优则仕"是古代男子成功的标准。在婚姻中，女性无须才华横溢，只需贤良淑德、生儿育女；男子无须忠贞不贰，只需建功立业、封妻荫子。因此在古代，男主外女主内的才子佳人模式当然就成为最稳定也最让人羡慕的婚姻结构了。

不过，凡事都有例外，在宋代，就有一位著名女性颠覆了才子佳人的老套路，她用才华为自己编织了绚烂的光环，她的丈夫虽然也很优秀，但在妻子耀眼的光环之下，丈夫不免显得黯然失色了。

这位著名女性就是宋代伟大的女词人李清照，她的丈夫是宋代金石学家赵明诚。赵明诚编写了三十卷《金石录》，后人把它跟欧阳修的《集古录》相提并论，两人并称"欧赵"，按理说他的成就并不逊色于李清照。可无论是当时还是在后代，赵明诚的名气都远不如妻子那么响亮。那么，李清照的才华究竟是如何掩盖住丈夫的光芒呢？下面这首词也许就能略微透露出一点端倪：

薄雾浓云愁永昼，瑞脑销金兽。佳节又重阳，玉枕纱厨，半夜凉初透。　　东篱把酒黄昏后，有暗香盈袖。莫道不销魂，帘卷西风，人比黄花瘦。（《醉花阴》）

这首词大约是赵明诚外出期间李清照写给他的情书。赵明诚较长时间外出的原因一般来说有两种：一是为官赴任；二是作为金石学家必须游历各地进行考古研究，当然也顺便饱览秀美的自然风光。丈夫远行，妻子独自在家倍感凄凉寂寞，如何才能向丈夫流露思念的情怀呢？如果妻子不识字没文化，向远方丈夫表达爱情的办法大约只有一个：绣个香囊或者其他的小玩意儿，或者画幅简单的画儿寄给丈夫，用这类具有一定象征意义的手工制品，含蓄表达妻子的思念与爱意。

当然，也还有这样的情况：丈夫离家日久，旅途寂寞，于是常常会将心比心，想起在家的妻子一定也和自己一样备受相思的折磨吧？可是妻子识字不多，又不能给自己写家书，那怎么办呢？丈夫便用妻子的名义给自己写首诗，李白、杜甫这样的大诗人都经历过这样的"尴尬"，例如李白就写过《自代内赠》，用妻子的口气给自己写情书，代替妻子情意绵绵地诉说着"妾"如何如何在思念着"夫君"。大诗人的才华多得都要溢出来了，可妻子却无法在才情上与丈夫并驾齐驱，这不能不说是婚姻中的一点遗憾。

但对于赵明诚来说，这种遗憾就不存在了。你看，李清照的情书写得多动人啊！

"薄雾浓云愁永昼，瑞脑销金兽。"丈夫不是离家很久了吗？所以"情书"的一开头先给丈夫描绘一幅久违的家居场景：薄薄的雾气和浓云在空中飘浮，"愁永昼"是说漫长的白天都沉浸在浓浓的愁绪之中无法排遣，连香炉里的香灭了好久了，房间里显得冷冷清清，"我"也懒得去添。瑞脑是一种名贵的香料，又名龙脑。金兽指的是兽形铜香炉。这两句真是起笔不凡：十几个字就生动地勾勒出女主人独自在家的冷清、寂寞、慵懒惰状。而在这十几个字背后，我们完全可以想象，如果丈夫在家，那肯定是一幅完全不同的温暖画面了吧！

如果是平常的日子，也许寂寞还是可以忍受的，偏偏今天不是。"每逢佳节倍思亲"，这是重阳节啊！在古代，重阳节是亲人团聚的日子。人家夫妻都团圆了，你怎么还把我一个人抛在家里呢？"佳节又重阳"，一个"又"字真是力透纸背，李清照似乎是在暗示丈夫："你怎么那么狠心，把我一个人抛在家中这么久呢？你知道我们的分别已经是第几个重阳节了吗？"重阳节已是深秋，我一个人孤枕难眠，半夜都被冻醒了——"玉枕纱厨，半夜凉初透"！尽管枕着玉制的枕头，挂着轻纱罗帐，可是充裕的物质生活温暖不了孤独的心。一个"凉"字，不仅仅是指季节的冰凉，更是透露着心境的凄凉。

多凄凉、多让人心疼的一个弱女子啊！其实夫妻俩是不是真的分别了很长时间并不重要，重要的是对于相爱的人来说，"一日不见如隔三秋"，哪怕是分别一天、分别一刻都是难以忍受的。

重阳节自古以来就有赏菊、登高、饮酒的习俗，一向极具艺术家浪漫气质的李清照自然不会放过这赏花饮酒的好时节，她多想对丈夫说："你赶紧回来吧，家里种的菊花开得可好看了，你不是最喜欢菊花吗？再不回来，等菊花谢了你就什么都看不到了哦。"当然，李清照是大词人，她的话不可能说得这么直白这么没水平，她只是看似轻描淡写地来了两句："东篱把酒黄昏后，有暗香盈袖。""东篱"即菊花生长的地方，这是引用了陶渊明《饮酒》诗中的句子"采菊东篱下，悠然见南山"。李清照独自坐在菊花丛旁，独斟独饮，幽幽暗香萦绕在她的怀袖之间，就仿佛是她对丈夫缠绵的情意一般挥之不去，更让她感叹暮色中形单影只的自己，"便纵有千种风情"，又能与谁分享呢？

尤其这首词的最后三句，那可是千古流传的名句："莫道不销魂，帘卷西风，人比黄花瘦。"丈夫不在家，妻子还能独自"东篱把酒"，看来挺有闲情逸致的嘛！可是不然，"莫道不销魂"，词人笔锋一转：你不要以为我在家里饮酒赏菊，好像过得多自在多开心，其实你不知道我内心有多么难过多么想你。"销魂"出自江淹《别赋》中的"黯然销魂者，唯别而已矣。"意思是因为离别的伤心情绪而失魂落魄。就这样，日复一日的思念，茶不思饭不想，眼看着人一天天消瘦下去，把门帘卷起来一看，一阵秋风掠过，菊花也日渐枯萎了，可是你先不要急着心疼菊花，你看到那个赏菊的人了吗？她看起来那么憔悴，似乎比菊花还要更瘦几分！正所谓"衣带渐宽终不悔，为伊消得人憔悴"，一个寂寞无助、形容消瘦、期待丈夫疼爱的留守妻子形象跃然纸上。

这就是李清照的高明之处：整首词没有一句直白地说"我想你

啊""我很孤独啊",但整首词每一句都直指刻骨的相思,既含蓄委婉,又情意深厚。

就像往常一样,这份情意绵绵、千回百转的"情书"很快寄到了丈夫赵明诚手上。据说,赵明诚看完这首词后,情绪非常复杂:对妻子是既佩服又惭愧,佩服的是妻子的才气再一次让自己拍案叫绝,望尘莫及之叹油然而生;担心的是,妻子隔三岔五写这些一往情深的词寄给自己,来而不往非礼也,自己总不能老是既来之,则受之,好歹也要表示点什么吧?

于是在叹赏过后,赵明诚这次终于铁了心要好好表现一下了。他把书房门一关,对书童说:不管谁来都不要打扰我,我谁都不见。这么着,他硬是把自己在书房关了三天三夜,不吃不睡,摆出一副悬梁刺股、卧薪尝胆的架势,发誓一定要写出一首超过妻子的词来。

功夫不负苦心人,不鸣则已,一鸣惊人,三天过后,还真让他憋出五十首词来,数量不菲啊。他把这五十首词摇头晃脑吟诵了很多遍,越是翻来覆去地读,他越是佩服自己:"别看我平时从不鼓捣那些诗啊词啊的,可真要写起来,似乎也不比谁差啊。"

当然,光是自鸣得意还不够,万一寄回去让妻子笑话怎么办?为了保险起见,赵明诚决定先让自己的好朋友评论一下。

于是,他把五十首词工工整整地誊写了一遍,再把李清照寄给自己的《醉花阴》也重新誊好,夹杂在一起,拿给好朋友陆德夫看。

赵明诚居然破天荒填了词,这可真是太阳打西边儿出来了。见好朋友这么郑重其事,陆德夫也不敢怠慢,赶紧将五十一首词,仔仔细细、认认真真地琢磨来琢磨去。赵明诚在一旁紧张地看着他的脸色,过了好半天,陆德夫才慢悠悠地说:"这五十一首词啊,我看来看去,其中有三句写得最好。"

赵明诚心中一喜,连忙问:"哪三句啊?"

陆德夫又将五十一首词翻来覆去看了半天。赵明诚急了,一迭声地追问:"快说快说,别卖关子了,到底是哪三句最好啊?"

陆德夫这才慢条斯理地回答他:"我看啊,就这三句最好:莫道不销魂,帘卷西风,人比黄花瘦!"

赵明诚一听,那个垂头丧气啊! ①

就凭好朋友这么一句话,赵明诚好不容易捡回来的一点儿自信,瞬间又飞得影儿都没有了。说不定,一气之下,把自己三天三夜不吃不睡憋出来的五十首大作全给烧了。于是,我们现在只

---

① 按:赵明诚和作五十首之典故载于元伊世珍《琅嬛记》引《外传》:"易安以重阳《醉花阴》词函致明诚。明诚叹赏,自愧弗逮,务欲胜之。一切谢客,忘食忘寝者三日夜,得五十阕,杂易安作,以示友人陆德夫。德夫玩之再三,曰:'只三句绝佳。'明诚诘之,曰:'莫道不销魂,帘卷西风,人比黄花瘦。'政易安作也。"王仲闻与徐培均均认为此故事或属虚构。

能读到李清照的"莫道不销魂,帘卷西风,人比黄花瘦"。至于赵明诚的词,那是一首都找不着了。

总是被妻子的才气"逼"得手忙脚乱、叫"苦"不迭的赵明诚,会不会因为娶了一个才女妻子而备感苦恼呢?传统观念中夫妻恩爱的标准应该是"举案齐眉""夫唱妇随",而一个好女人的标准,则是伺候好丈夫,相夫教子,与丈夫同甘共苦,安心扮演好贤妻良母的角色。如果将丈夫比作是一棵树,那么妻子应该是攀缘在树上的一根藤,"山中只见藤缠树,世上哪见树缠藤",这是最传统的婚姻模式。可是李清照偏偏打破了这个固定模式,偏偏不想只是做一株缠绕着树的藤,就像当代诗人舒婷说的那样:"我必须是你近旁的一株木棉,作为树的形象和你站在一起。"(《致橡树》)舒婷是二十世纪的新女性,说出这样颇为"叛逆"的爱情宣言当然是可以理解的。可是九百多年前的李清照,竟然也以自己挺拔的身姿,站成了一棵"树"的形象,和她的丈夫赵明诚一起,"分担寒潮、风雷、霹雳""共享雾霭、流岚、虹霓""仿佛永远分离,却又终身相依",两棵树的并肩站立,形成了一道独特的风景。他们的爱情,为什么能够冲破封建礼法的重重枷锁,展现出如此独特的美丽呢?

答案可以从三个方面来呈现:第一,坚实的爱情基础;第二,对彼此个性的尊重;第三,相同的价值观。

首先来看李清照与赵明诚相爱的基础。他们的婚姻虽然也是属于"父母之命、媒妁之言",但与众不同的是,在他们结婚之前,李清照已经是一个远近闻名的女诗人,而且她还是一个全能型才女。尽管我们习惯于把李清照在文学史上的地位定性为"婉约派女词人",其实她的文学成就绝对不仅仅止于词这一种文体,在当时,她的诗名和文名甚至还超过了她的词名。《宋史》记载,说她"诗文尤有称于时",文学界的精英们对她也是交口称赞,说她"善属文,于诗尤工"。李清照不仅是一个文采飞扬的文学家,还是一个博学多识的学者,对诗、文、词、考古学等等,都有很深的造诣。只不过后来人们对她的了解,越来越局限在词这一种文体上了。无论如何,李清照在当时已经是偶像派兼实力派的文艺明星,并且拥有了庞大的粉丝团,而赵明诚正是这个粉丝团里的"铁粉"。

"粉丝"想要追求"偶像",对一般人而言可能是白日做梦,可赵明诚这个梦却不难实现,因为他拥有两大自信的资本。第一大资本,他有一个能量超强的爹。赵明诚的父亲赵挺之,当时正任职吏部侍郎。吏部侍郎,大约相当于今天国家组织部副部长。后来,赵挺之还当上了宰相,那可就是国务院总理了。而当时李清照的父亲李格非任礼部员外郎,大约相当于教育部和外交部的一个司长,赵挺之的职位比李格非高了许多。在那个时候缔结婚姻的首要条件就是"拼爹"——"组织部部长"为自己的儿子向"教育部司长"的女儿提亲,从门当户对的原则上来说是没有任何障碍的。因此,在"父母之命、媒妁之言"的包办婚姻时代,赵明诚具备了一般人望尘莫及的"拼爹"资本。

第二大资本就是赵明诚对自己才能的自信了。赵明诚当时还是太学里的学生,换言之,"大学"还没毕业,但他在金石考古方面的研究已经小有成就。准考古学家向准词人求婚,这也绝对是一门让人无法拒绝的婚姻。

有了这两大资本,赵明诚才敢信心满满地向偶像发起"进攻"。关于赵明诚的求婚策略,还有一个流传颇广的野史传说。那段时间,赵明诚父亲赵挺之也正在琢磨呢,小儿子二十一岁了,在那个时候就已经算是"大龄剩男",该给他找一门好亲事了。合适的人家当然不少,可就是定不下来。

赵明诚也不明说自己想要娶谁,一天下午,等父亲下了班回来,他假装偶然想起似的,对父亲说:"父亲,我睡午觉的时候,做了个梦,梦见看到一本书。醒来的时候,别的都忘了,只记得书上有三句话:'言与司合,安上已脱,芝芙草拔。'我想了半天没想明白。父亲,您说,这梦到底是啥意思啊?"

赵挺之想了一会儿,说:"嗨,傻儿子,这还不简单。这个梦是说你将来要娶个女词人为妻啊!你看,'言'字和'司'字合在一起不是'詞'字吗?'安'上已脱,'安'字去掉宝盖头不就是个

'女'字？'芝芙'草拔，'芝'字和'芙'字都去掉草字头，不是'之夫'？四个字连在一起就是'词女之夫'。这就是说你将来要当女词人的丈夫嘛！"

赵明诚一听：父亲果然上了圈套，大喜！连忙拍父亲的马屁："父亲，您真是太聪明了！我想了半天都没猜出这句话的意思，您这么一说，还真是这么回事儿！"

赵挺之虽然是个精明人，可千穿万穿马屁不穿，何况是自己宠爱的小儿子拍的马屁呢？当朝的女词人虽然不止李清照一个，但要说名气最大的、家世最接近的，可不就只有李清照一个人？论年龄，李清照十八岁，未婚，比儿子小三岁，正合适；论出身，两人的父亲是同事，同朝为官，门当户对，打着灯笼也难找的好亲事啊！

果然，不久之后，赵挺之就跟李格非提亲了。赵明诚也圆了"词女之夫"的美梦。

当然，这个故事很可能只是好事者的杜撰，但赵、李两家确实成就了一门天造地设的婚姻。因此，李清照和赵明诚的婚姻不同于一般的包办婚姻，相似的文化背景和对彼此的了解为他们的婚姻打下了良好的基础。从此，赵明诚和李清照开启了先结婚后恋爱的爱情模式。有李清照的词可以证明他们婚后的甜蜜与浪漫：

卖花担上。买得一枝春欲放。泪染轻匀。犹带彤霞晓露痕。　　怕郎猜道。奴面不如花面好。云鬓斜簪。徒要教郎比并看。(《减字木兰花》)

这首词描写的应该是新婚不久的情景。你看，春天的花开得多漂亮，鲜红鲜红的，还带着清晨的露珠，李清照忍不住买了一枝含苞待放的新鲜花儿插在鬓发上。女为悦己者容啊，戴花总不是为了自个儿照镜子孤芳自赏吧？还得给人看哪！给谁看？当然是给她的丈夫赵明诚看了。她怕丈夫说自己不如花儿好看呢，还故意地把鲜花斜斜地插在云鬓上，在丈夫眼前扭过来晃过去，一定要丈夫说说看：到底是娇妻漂亮，还是花儿漂亮？

虽然词里面没有说赵明诚怎么回答她，但是我们完全可以想象得出，如果不是建立在彼此相爱的基础上，妻子怎么可以如此自然地在丈夫面前流露最率性最娇嗔的一面呢？

其次，对彼此个性的尊重与支持。李清照不是传统意义上的贤妻良母，却是一个率性浪漫的女词人；赵明诚的个性却是考古学家特有的严谨甚至有些古板，截然不同的个性能在婚姻中彼此相容吗？

有些人不能，但李清照和赵明诚能。李清照擅长写诗填词，不但自己经常写下类似于"莫道不销魂"这样缠绵缱绻的词句，而且还常常"逼"着丈夫"妇唱夫随",妻子咄咄逼人的才华甚至让丈夫时常感到"疲于应付"。比如《清波杂志》还记载,他们夫妻俩居住在建康(今南京)时:"易安每值天大雪,即顶笠披蓑,循城远览以寻诗,得句必邀其夫赓和,明诚每苦之也。"李清照号易安居士,她是个"文艺青年","小资"得很,春天要去踏青寻芳,冬天要去踏雪赏梅,自己摇头晃脑填词赋诗还觉得不过瘾,非拉上丈夫陪着一起去。比方说,冬天下雪的时候,李清照爱披个蓑衣斗笠什么的,去郊外赏雪,寻找写诗填词的灵感,写完还一定要赵明诚和上几首,"明诚每苦之也"——赵明诚的专业是考古学,李清照的专业是文学,两人专业不同,才艺不同,生活情趣也不同。考古学家嘛,热衷于修修破铜烂铁、补补古书字画,生活比较严谨和理性;作家呢,尤其是女作家,满脑子幻想,多愁善感,动不动就要伤春悲秋、吟风弄月。让赵明诚鉴别个古董文物还行,写诗填词可是把他给愁坏了。经常眼见着妻子出口成章,文思泉涌,清亮的目光充满期待地看着自己,自己却抓耳挠腮半天憋不出一字半句来,赵明诚真恨不得找个地洞钻下去——男子汉大丈夫,在妻子面前丢了面子,羞愧啊!

不过,大家先别急着同情赵明诚:难道赵明诚娶了宋代第一大才女,就真的只能一天到晚被才女妻子牵着鼻子走,是哑巴吃黄连——有苦说不出?李清照是才女不错,他赵明诚也不是凡夫俗子！除了他们各自在事业上都有一番杰出的成就，就是在夫妻的日常相处中，赵明诚的聪明也绝不在妻子之下。赵明诚的聪明就在于：

第一，自信。妻子是才女不错，可我也不差啊！术业有专攻，你擅长吟诗填词，比我名气大得多是没错。填词我赶不上你，文物考古我可是专家，井水不犯河水嘛。

第二，大气。才女妻子肯定跟一般女人不同，不会在丈夫面前老是低眉顺眼。别人娶妻是娶一个管家婆，娶一个传宗接代的工具；可赵明诚娶的不仅仅是一个妻子，更是一个志同道合的朋友。凭这一点，他赵明诚就有足够的资本让天下的男人羡慕上一千年！别看"朋友"二字说起来容易，可在那个时代，夫妻间能做"朋友"的，掰着手指头都能数得清。因为那时候，女人大多数没什么文化，头发长见识短还真是事实。做丈夫的呢，却要寒窗苦读，一朝得志当了官，成天接触的都是些场面上的人物，哪里还把家里的黄脸婆放在眼里？赵明诚不同，他的妻子虽然名气比他大得多，可是这位名人妻子在家中并不恃才生傲，相反，她以自己深厚的学识，成为丈夫事业上最得力的助手。有很多例子可以说明李清照在丈夫事业中举足轻重的作用。

略举一例：李清照晚年曾写过一篇自传性的文章《金石录后序》，在回忆他们新婚后的日子时说道：

余建中辛巳，始归赵氏。时先君作礼部员外郎，丞相作吏部侍郎。侯年二十一，在太学作学生。赵、李族寒，素贫俭。每朔望谒告出，质衣取半千钱，步入相国寺，市碑文果实归，相对展玩咀嚼，自谓葛天氏之民也。

李清照嫁给赵明诚那年，父亲担任礼部员外郎，公公时任吏部侍郎，新娘新郎虽然都出自官宦人家，但李格非为官一向清正廉明，家境并不富裕，李清照的嫁妆当然也就并不丰厚了；至于赵明诚呢，他还只是一个"在读大学生"，没有经济收入，因此新婚后的两口子日子过得有些紧巴巴。可是，自己没工作没工资还罢了，赵明诚偏偏有一个特耗钱的爱好——文物收藏。

文物可不比一般的收藏，动辄价值连城。而且赵明诚对于文物收藏还不是一般的业余爱好，他从小就痴迷于此，那可是达到了专业水准的。为了收集有价值的文物古董，赵明诚挥金如土，花钱如流水，自己不能挣钱，却特能花钱。收购大量的金石古玩，几乎耗尽了夫妻俩所有的财产。

就这样，两人还不思悔改。没钱花的时候，拿几件好衣服去当铺当了，去相国寺的古玩一条街换几件文物宝贝，顺便买些点心回家吃。吃点心倒还在其次，关键是买了文物宝贝，夫妻俩要相对把玩好一阵子——都穷成这样了，还穷开心呢。

有一回，一个人拿了一幅南唐著名画家徐熙的《牡丹图》给赵明诚看，夫妻俩左看右看，越看越爱，盘算着一定要买下来。但是卖主一开口，要价二十万！天价！夫妻俩哪有那么多钱？就算把所有的好衣服都当了也换不回二十万哪！夫妻俩只好把牡丹图留了几天，天天抚摸、欣赏，最后还是忍痛割爱，让卖主拿回去了。为这事，他俩耿耿于怀，伤心了好久。

不久以后，赵明诚"大学"毕业当了"公务员"，因为宋代的"公务员"俸禄优厚，家庭经济状况便有了明显好转，已经衣食不愁了，夫妻俩在生活上却仍然是"食去重肉，衣去重采，首无明珠翡翠之饰，室无涂金刺绣之具"。吃不讲究什么大鱼大肉，更不需要什么燕窝鲍翅，荤菜从来只有一种；穿不讲究鲜艳华丽，绫罗绸缎，漂亮一点能够出得厅堂的衣服也只有一件；头上更是从来不戴什么金银珠宝，翡翠玛瑙；住的房子也没有豪华装修、贵重家具……他们没有讲究过什么物质享受，可是精心收藏的金石文物、书画墨宝，竟装了满满十几间屋子！

一个有身份有头面的贵族夫人，能做到这些，不容易啊！现代人谈恋爱，表面上卿卿我我，你侬我侬，说不定私底下还在琢磨对方有没有房，有没有车，送不送得起钻石戒指、白金项链呢。可李清照不是那种庸脂俗粉，她是个同得起富贵、共得起患难的女人。穷困的时候，不离不弃；富贵的时候，她支持丈夫几乎把所有的财产都贡献给了金石文物收藏事业。每次得到珍贵文物或者名人字画、古籍文献，她都要帮赵明诚一起，仔细鉴定、校对、整理、修补，有时候甚至激动、忙碌得通宵不睡。他们家收藏的字画古籍，比当时的各大著名收藏家都要更完整、更丰富，保存得也更精美。专业的金石考古专家不止赵明诚一个人，可是有李清照这样志同道合的妻子的考古学家，还真只有他赵明诚一人！

第三，李清照和赵明诚之所以能成为古代才子才女的爱情典范，还在于他们拥有共同的价值观。前面我们一直在强调他们是门当户对的婚姻，但门当户对并不意味着婚姻一定会一帆风顺，恰恰相反，他俩的婚姻从一开始就接连遭遇重创，如果不是彼此深深相爱，拥有一致的价值观，也许他们早就不堪重负而分道扬镳了。李清照和赵明诚结婚后没多久，就经历了他们夫妻生活中第一次最大的考验和磨难。这次考验和磨难，足以摧毁任何牢固的婚姻和家庭，这次考验源于一场政治斗争。

李清照的娘家和婆家分属不同的政治阵营，在你死我活的政治斗争中分别站到了水火不容的对立面。

公元1102年，这是宋徽宗当政之时的崇宁元年，也是李清照新婚的第二年，宋徽宗重用奸臣蔡京当宰相。蔡京一上台，就疯狂打击所谓的"元祐党人"，其中也包括了苏轼。蔡京是元祐党人的死敌,他一掌权,元祐党人没一个有好日子过,连死了的人都不放过:不但禁用元祐年间的法令,凡是跟自己政见不合的人全部被当成元祐党人,一律贬出去;他还唆使宋徽宗御笔亲题,刻了一块石碑,将所谓元祐党人的名单全部刻在上面,叫作"党人碑"。"有幸"榜上题名的"元祐党人"永世不得翻身,以司马光为首,苏轼等人赫然在列。

李格非正是苏轼的弟子,号为"苏门后四学士"之一,曾在元祐年间连续得到破格提升,从基层地方官一跃而为重要的京官,同时也把自己以及自己一家的命运跟苏轼一门紧紧地拴在了一起。不过,李格非虽然和苏轼关系亲密,但他本来是有机会"改正错误"的,因为朝廷让他参与编写元祐奏章,也就是说要他通过告发苏轼的"罪行"来"立功赎罪"。可他偏偏是根直肠子,坚决拒绝给苏轼乱泼脏水、乱扣帽子,于是也被划到了元祐党人那一派里去,"荣登"第二批元祐党人的第五名。元祐党人当时的命运可是风雨飘摇,朝不保夕,并且不得"在京差遣",这一回,李格非也没有幸免于难。

就在李格非不幸成为元祐党人的"党羽",赫然名列"元祐党人碑",被贬出京城的时候,李清照的公公赵挺之可是站对了阵营,紧紧地团结在蔡京的周围,平步青云,硬是踩在元祐党人的肩膀上步步高升了,一直做到了相当于宰相的位置。他跟在蔡京后面,不遗余力地排斥元祐党人，是确定元祐党人名单的"赫赫功臣"。要知道，赵挺之自己当初步入仕途，也是由元祐党人推荐的，他自己还曾被当作元祐宰相刘挚的党羽。可是这个时候，他却改弦易辙，站到了元祐党的对立面。

李清照哪里想得到，她还沉浸在新婚的幸福甜蜜中，自己的父亲就在公公等人的一手导演下，陷入了水深火热的境地。而此时，她嫁进赵府不过一年光景。

眼看着婆家在朝廷上权势日长，蒸蒸日上，娘家却遭受重创，一落千丈，本来是门当户对的婚姻绝配，一瞬间成了天上地下。如果是一个柔弱女子，也许此刻只能暗自痛哭，可别看李清照是深闺中的一个弱女子，关键时刻，她哪能袖手旁观，见死不救啊？于是，李清照挺身而出了，只是那个时代没有机会让她站到朝廷上慷慨陈辞，她只能恳求公公对父亲施以援手。

然而，赵挺之并没有接受儿媳妇的恳求，因为以他一贯做人的风格，他不可能拿自己的乌纱帽开玩笑。在失望之余，李清照又做了一件别的女人不敢做的事情。按道理，做儿媳妇的是没权力对公公指手画脚的，而且这位公公还是权势熏天的朝廷重臣！她却斗胆向公公赵挺之献诗一首。诗的全文已经散失了，估计胆子太大，也没人敢给她保留，只留下一句"炙手可热心可寒"。

这无异于指着公公的鼻子骂：别看你权势熏天，其实是个冷血动物啊！诸位想想看，哪个公公看到儿媳妇这样太岁头上动土，会喜欢啊？

李清照在给公公的另外一首诗里，还写过一句晓之以理动之以情的"何况人间父子情"！李清照也是真的急了，你去给没有感情的人讲感情，那不是病急乱投医吗？赵挺之是何许人？会因为你一把眼泪一句怒骂就回心转意，做个好人？赵挺之的名气，在北宋可算得上是"臭名远扬"，比蔡京好不到哪里去。他和蔡京联手"打倒"元祐党人之后，自己又和蔡京成了势同水火的政敌，打得不可开交，最后还是被老奸巨猾的蔡京彻底打败，郁郁而终。

可以想象，作为新媳妇，一眨眼间公公成了自己的仇敌，李清照的日子能好过吗？而且她斗胆写出那样的诗句指责公公，难道就不怕公公一怒之下命令儿子休掉她？

其实要赵家找理由休掉李清照是很容易的。除了残酷的政治斗争之外，李清照的婚姻还面临另一个大困境：无子。她与赵明诚近三十年的婚姻没有留下子嗣。按照宋代刑法的规定"七出"，只要做妻子的有这七条毛病中的任何一条，丈夫就可以名正言顺地把她休掉！这七条包括："一无子，二淫逸，三不事舅姑，四口舌，五盗窃，六妒忌，七恶疾。"不生儿子；放浪淫荡；不好好伺候公公婆婆（古代"舅姑"指公婆）；喜欢搬弄是非；小偷小摸；妒忌丈夫三妻四妾、拈花惹草；得了不治之症，都是当妻子的不是，是要被赶出家门的。

"七出"的第一条，就是"无子"。无子并不一定是妻子的问题，但在科技不发达的古代，没生儿子，就是做妻子最大的罪过。比如南宋著名诗人陆游被母亲逼着休掉深爱的妻子唐琬，"无子"便是主要理由之一。

政敌、无子、批评公公，这几条"罪状"加在一起，赵家有足够充分的理由休掉这个不理想的媳妇。然而，无论赵家对李清照有多么不满，始终有一个人能够懂得她，理解她，支持她。这个人，就是她曾经的铁杆粉丝，现在的丈夫赵明诚。

赵明诚并没有因为李清照的家庭惨遭横祸，就抛弃结发妻子。可能最让赵挺之生气的还是：赵明诚非但没有休妻，立场坚定地站到父亲一边，反而还和妻子一样，是苏轼这一派"党人"的忠实"粉丝"。

赵明诚跟他父亲不一样，赵挺之是把官场上的进退看得比命还重要，可他儿子却是一个以学术为第一生命的人。赵明诚特别崇拜苏轼、黄庭坚，只要是他们的作品，哪怕只有残篇断句，他都要当成宝贝，赶紧收集、郑重其事地保存起来。道不同不相与谋，连父子也是一样。就因为这些缘故，赵明诚跟他的父亲在价值观上背道而驰了，却和心爱的妻子勇敢地站在了一起。很难想象，如果没有赵明诚的力挺，李清照如何能熬过这一连串的打击。

如果说，在婚后的第一波灾难中，是丈夫的支持让李清照心怀感激，那么不久之后的第二波灾难则是李清照的选择深深感动了丈夫。

赵挺之在打击元祐党人的事件中红火了一把，以迅雷不及掩耳之势升到了宰相的位置，然而政治斗争是你方唱罢我登场，翻手为云覆手为雨，这场斗争你站对了地方，不见得就永远能站对地方。赵挺之的迅速升迁让蔡京看不顺眼了，此后赵挺之跟蔡京撕破了脸皮，公然成了对头，并且最终促使宋徽宗下诏罢黜了蔡京。可是好景不长，在朝廷中根基深厚的蔡京吃了哑巴亏岂能善罢甘休？再加上宋徽宗虽然一时意气，罢免了蔡京，可是没了这个惯于见风使舵、左右逢源的幸臣，他还真觉得生活里少了点什么。于是，没过多久，赵挺之被罢相，蔡京重新当上了宰相，并且越发气焰嚣张。

赵挺之哪里是老奸巨猾的蔡京的对手！公元1107年，赵挺之被罢相五天后，竟然一命归西，蔡京则是典型的小人得志，对死人都不放过，将赵挺之的所有亲朋故旧一竿子撸到底，抄家的抄家，罢官的罢官，还对宋徽宗翻起了旧账，说赵挺之原来也是元祐宰相刘挚推荐的，所以他才竭力包庇元祐奸党。可怜赵挺之在打击元祐党人时不遗余力，还大义灭亲地将自己的亲家李格非毫不留情地打回了原籍，可没料到自己身后也成了元祐死党。这下

099

可好，昏庸的宋徽宗对蔡京言听计从，追回了赵挺之的所有封号，而赵挺之一家自然也没好果子吃。赵明诚兄弟三人因为一方面要为父亲守孝，一方面也因为成了蔡京的"眼中钉肉中刺"，官是肯定当不成了，于是纷纷下了岗，回老家歇着去了。这一年，李清照二十四岁，是她婚后的第七年。这一次"下岗"，导致了夫妻俩长达近十年的闲居生活。

刚刚经历了娘家的大难，接着又是夫家的大难，真是一波未平，一波又起，接连遭受了这么多、这么大的变故，如果是一个普通弱女子早该怨天尤人，被生活的残酷给击垮了。可李清照，硬是在这风雨中坚强地站了起来，她的坚强，她的淡泊名利，她的才华和智慧，无疑是一剂强心针，成了丈夫心中最大的安慰。

事实再一次证明，在爱情面前，一切苦难都是可以逆转的。赵明诚仕途中最低谷的十年，反而成了这对神仙眷侣最幸福、最悠然的十年。真可谓"塞翁失马，焉知非福"！李清照曾经深情地回忆起夫妻俩在老家山东青州隐居的日子，他们远离了政治上你死我活、尔虞我诈的争斗，是过着怎样连神仙都艳羡的美好日子。有了这大把的闲暇时光，夫妻俩更是尽一切可能到处搜罗书画古玩。每天晚上吃完了饭，坐在书房里，悠闲地煮上一壶茶，指着书柜里堆积如山的书籍文献，说起某件事应该记载在哪本书的哪一卷的哪一页的哪一行，夫妻俩拿这个来打赌，说对了的可再也没人和她一起踏雪寻梅，再也没人和她一起烹茶赋诗，再也没人和她一起秉烛夜谈，甚至再也没人和她一起斗气赌狠，再也没有人，能和她一起"归去来兮"，偕隐山林……

在遭历了国难之后，又紧接着夫亡的沉重打击，李清照在精神的剧痛中大病一场，奄奄一息。然而李清照毕竟是李清照，她没有倒下，也不能倒下！近三十年的婚姻生活，早已将她和丈夫融化成了一个人。赵明诚即使临终前没有来得及留下什么遗言，李清照也能知道，丈夫最放心不下的是什么——他们没有子女，唯一能让丈夫牵肠挂肚的，就是那些凝聚了他们一生心血的收藏品。"与身俱存亡"，人在东西在！她不能跟随丈夫一起"升天"，她必须留在人间，完成丈夫未竟的事业。从此，她开始独自一人在世间颠沛流离，为保护他们夫妻的收藏品继续呕心沥血，尝尽世间一切可知与不可知的苦难。

就在席不暇暖的奔波途中，李清照看得比自己的命还重的收藏品还是遭遇了不可抗拒的重大损失：首先，金人在十二月攻破洪州，李清照寄存在妹夫那里的两万卷书，以及两千卷金石刻等珍贵藏品，全部毁于一旦。其次，是李清照自己在追随宋高宗逃亡的路上，随身携带准备献给皇帝的古铜器，又在官军收编叛兵的时候被抢夺一空。南渡时装了满满十五车的藏品，到此时身边只剩下一些轻便的书册卷轴，因为她卧病在床时放在卧室内，时时把玩一番，所以还保存了下来。所有的藏品，经过一番乱离，只剩下一半不到。

绍兴元年（1131），李清照来到越州（绍兴），在一户姓钟的人家租了房子，暂时安顿下来。到这时，李清照身边也还剩下五六筐书画砚墨，因不放心搁在别的地方，就藏在卧室的床底下，平时必须是自己亲手才能开取。可是突然有一天，她发现夜里不知什么时候，卧室墙壁被打穿了一个洞，床底下的书画卷册被偷去了五筐。李清照悲痛不已，于是到处去张贴告示，出重金悬赏，希望能够赎回一部分。

果然，才过了两天，姓钟的邻居就拿了十八轴书画过来求赏，李清照明知是他偷去的，可是兵荒马乱的年代，自己一个孤苦无依的老妇，没办法跟他理论，只好按赏价赎回。李清照还千方百计恳求他将其他的卷册也拿出来，按价收购。可是，其他的藏品音讯全无，再也没露过面。在这一次藏品的巨大损失之后，李清照的身边，只剩下了寥寥几种价值平平的书册书帖。可就是这几种价值平平的书册书帖，她也还像爱惜自己的眼睛、生命一样，精心珍藏、呵护着。

在历尽艰辛、孤苦伶仃的逃难生涯中，李清照唯一的精神支柱，就是丈夫留下的这些收藏品，以及生前撰写的考古学巨著《金石录》，因为那上面记录着丈夫的手迹，是他们几十年爱情的见证。

她和丈夫共同校勘的无数个日日夜夜，仿佛像昨天一般清晰，丈夫的手迹也还像新的一样，可是他坟前的树木已经长到可以两手合抱了吧……

奔波流徙的日子里，李清照在浙江度过了最后的岁月。在此期间，她忍受着身心的剧痛和人生的孤独，坚持完成了丈夫未竟的事业——《金石录》的编撰工作，并且将之刊行于世，上表朝廷。

一代传奇才女，只能在风俗殊异的异地他乡，寄托自己飘零的晚年。她还会独自熬过一个又一个重阳节，可是还有谁会来怜惜她的"半夜凉初透"，从远方赶回来将她温柔地拥入怀中取暖呢？她也许偶尔还会强打精神，重温"东篱把酒黄昏后，有暗香盈袖"的情致，可是还有谁会来陪她"浓睡不消残酒"呢？"莫道不销魂，帘卷西风，人比黄花瘦"，当她顾影自怜的时候，她还能向谁娇嗔地索要安慰、索要疼爱和呵护呢？她努力让自己挺拔成了一棵"树"的形象，她和丈夫共同演绎了一段"平生与之同志"的爱情传奇，然而当风雨摧残过后，有谁能看到那棵树拼命抵抗风雨的孤独、无助与凄惶？

6 雨送黄昏花易落——唐琬

南宋绍兴二十五年（1155）春日的一天，刚过而立之年的陆游来到老家山阴（今浙江绍兴）城南禹迹寺旁边的沈园踏青。前不久，他刚刚参加了第三次进士考试，并且第三次名落孙山，心情有些低落，好在沈园正是春光明媚的时候，陆游一边欣赏美景，一边酝酿着诗兴，心情慢慢平静了下来。

就在这时，迎面来了一群人，一路有说有笑朝着陆游这个方向走了过来。这群人中间簇拥着一对青年男女，男的英俊潇洒，风度翩翩，女的气质高雅，清丽脱俗。这猛一照面，陆游一下子就呆住了！原来这正面走过来的女子，就是他的原配妻子，也是他的初恋情人——唐琬。而她身边的男子，正是她的现任丈夫赵士程。

这一刹那，不但陆游惊呆了，唐琬一见陆游，也怔住了，四目相对，千言万语都不知该从何说起。陆游分明还看到，唐琬的眼里已经开始有泪光在闪动。这个场面对三个人来说都有些尴尬，尤其对唐琬而言：一边是从未曾忘怀的前夫，一边是温存体贴的现任丈夫。她一时间愣在了原地……

还是赵士程机灵，赶紧跟陆游行礼打招呼，首先打破了僵局。其实，陆游和赵士程不仅早就认识，而且还是远亲：陆游母亲的嫡亲姐妹，也就是他的姨妈瀛国夫人唐氏，嫁给了吴越王钱俶的后人钱忱，成了北宋宋仁宗第十个女儿秦鲁国大长公主的儿媳妇，赵士程正是公主的侄孙。算起来，陆游和赵士程还是平辈。陆游十二岁的时候，曾跟随母亲去看望姨妈，当然也拜见了公主。两家人都是当地的名门望族，又沾亲带故，所以赵士程一见陆游就认出来了，他当然清楚唐琬和陆游以前是什么关系。赵士程一开口，陆游和唐琬也马上反应过来，都意识到自己有些失态，于是赶紧客客气气地互相施礼问候，便彬彬有礼地告辞了。

唐琬走后，陆游还站在原地发呆：分别七年了，唐琬还是那么温柔美丽，除了比以前显得稍微纤瘦些，那一点憔悴反而给三十岁左右的少妇增添了几分成熟的风韵。擦肩而过的时候，唐琬身上那熟悉的淡淡的香味，让陆游沉醉其中，半天还没回过神来。

也不知道这样呆站了多久，忽然背后传来说话的声音：

"相公!"

陆游没反应过来,那人只好又提高声音,再叫了一声:"相公!"

陆游这才反应过来是在叫自己。回头一看,是一个书童样的男孩,男孩手里托着一个托盘,上面摆着几碟精致的小菜和一坛子酒。男孩说:"相公,我家相公让我给您送点酒菜来。"

陆游有点儿纳闷,问他:"是哪位相公让你送来的呀?"

男孩回答:"就是我家赵相公啊!"

陆游这才明白,酒菜是赵士程和唐琬送过来的。他忙说:"请回去替我谢谢你家相公!"

对陆游来说,这简直是像在做梦一样。他还以为今生今世再也看不到唐琬了,没想到会在沈园再碰到她,更没想到他们的重逢会是这样尴尬的一个场景。

面前的菜肴一看就是唐琬的手艺,那是他曾经的最爱啊!用今天的话来说,唐琬是一个出得厅堂入得厨房的完美妻子。要是以前,只要是唐琬亲自下厨做的菜,陆游肯定是胃口大开,一定会要唐琬陪在身边,一边温一壶绍兴最著名的花雕酒,一边享受着妻子的手艺,和妻子聊聊天甚至是诗词唱和一番,那是神仙都羡慕的日子啊!可是现在,她已经是别人的妻子了!手艺还是以前的手艺,可陆游哪里吃得下!刚温过的酒冷了,菜也凉了,陆游还没动过筷子,他的心里,翻江倒海真不是个滋味。

过了好久,陆游才好像从梦里醒过来,长叹一声,满斟了一杯酒,仰头一饮而尽,然后挥笔就在沈园的墙壁上题了一首词,这首词,就是我们都非常熟悉的《钗头凤》:

> 红酥手,黄縢酒,满城春色宫墙柳。东风恶,欢情薄,一怀愁绪,几年离索。错!错!错! 春如旧,人空瘦,泪痕红浥鲛绡透。桃花落,闲池阁,山盟虽在,锦书难托。莫!莫!莫! ①

《钗头凤》这个词调原名《撷芳词》,唐代无名氏词人写过《撷芳词》,传唱很广,词的下片有一句"可怜孤似钗头凤",因此陆游将其改名为《钗头凤》。不过,陆游的《钗头凤》对原来《撷芳词》的基本调式有所创新,最显著的创新之处就在于上下阕结尾的三个叠字,错错错和莫莫莫。"错莫"本来是个叠韵的联绵词,也就是韵母相同,类似的常用叠韵联绵词还有逍遥、阑干、窈窕等。一般来说联绵词的基本特征就是两个字连在一起构成一个双

---

① 有学者认为:陆游的《钗头凤》并非在山阴作,亦非为唐琬而作,代表性的观点详参吴熊和《陆游〈钗头凤〉本事质疑》,见吴熊和主编《唐宋词汇评》(两宋卷第三册)第2039页,浙江教育出版社2004年版。

音节的单纯词，两个字合在一起只表示一个意思，因此正常情况下联绵词必须连在一起使用，不能拆开来单独用。"错莫"是寂寞冷落的意思。南朝著名诗人鲍照在《行路难》诗中用过这个词："今日见我颜色衰，意中索莫与先异"，杜甫的《瘦马行》也用到过"错莫"这个联绵词："见人惨澹若哀诉，失主错莫无晶光。"

可是陆游偏偏别出心裁，他故意打破了联绵词使用的基本规范，创造性地将错莫这个联绵词拆开，分别放在上阕和下阕的结尾，并且连下三个叠字，大大地加强了被迫分离的痛苦和相思难寄的伤感，因此很多人在读《钗头凤》的时候，恐怕最先记住，而且记住之后再也不会忘掉的句子，就是上阕结尾的错、错、错和下阕结尾的莫、莫、莫了。记住了这两个字，也就把握了这首词的整体情绪。

《钗头凤》是陆游爱情经历的见证，它既承载着回忆里的温情，又流露出现实的无奈。

词一开头色彩就颇为香艳："红酥手"，是一双白皙红润的纤纤玉手，"黄縢酒"，是宋代官府酿造的一种名酒，酒坛的封口上用黄纸封住。可以想象：由一双美丽的"红酥手"，轻轻开启一坛用黄色纸封口的醇香四溢的名酒，那才真是一幅令人浮想联翩的美艳画面呢！

"红酥手，黄縢酒"，红色和黄色的色彩对比已经足够鲜艳，可接下来这一句色彩更是夺目:"满城春色宫墙柳",这一句并没有出现像红、黄这样确定的颜色词,可是我们完全能够想象,沿着宫墙的那一排柳树,会渲染出怎样郁郁青青的"满城春色"。

红润的手,亮黄的酒,青翠的柳,如此香艳的颜色,似乎应该顺理成章地引出一个香艳的爱情故事。美丽的女主角已经闪亮登场了,男主角还会远吗?

可是,词中的男主角不仅迟迟没有登场,接下来的句子似乎连女主角的身影都被隐没了。"东风恶,欢情薄。一怀愁绪,几年离索。错、错、错!"东风特指春风,"东风"就是春天的代名词。《礼记·月令》曰:"孟春之月 …… 东风解冻,蛰虫始振。鱼上冰,獭祭鱼,鸿雁来 …… 天气下降,地气上腾,天地和同,草木萌动。"在古人看来,东风解冻是一切生物苏醒萌动的前提,和煦的东风被视为是春天转暖的必备条件。韩翃的"寒食东风御柳斜",辛弃疾的"东风夜放花千树",朱熹的"等闲识得东风面,万紫千红总是春",用的都是东风的这个本意。

可是在陆游的《钗头凤》里,东风却不再是那个温暖的春天的使者,"东风恶",东风怎么会恶呢? 显然这是陆游将自己的主观情绪强加给了东风,"东风恶,欢情薄",东风变成了不通人情的狂风,就像摧残春花、吹散柳絮一样,将他与女主角的一段美好情缘也吹得无影无踪了。这样无情的"东风",直接导致了这段爱情的悲剧结局:"一怀愁绪,几年离索。错、错、错!"爱情的春天被吹走了,只剩下满怀愁绪,几年的离别。这到底是谁的错呢?是东风的错? 是女主角的错? 还是男主角的错? 或者,仅仅就是命运的错?

陆游并没有给出明确的答案,但因为前面有一句"东风恶",比较容易得出的结论是,陆游将爱情悲剧的一腔怨愤,主要归咎于外界的客观条件"东风"了。因此,这个东风一定是有特别寓意的。

"东风",其实就是束缚他的封建礼教! 再说具体一点,就是压在他头上的父母之命! 古代的文人,不管他有多勇敢,但是有两座"大山"是他们不能,也不敢推翻的。这两座"大山",一是"忠",对国家、对皇帝的忠。另外就是"孝",对家族,尤其是对父母的孝。古代的文人可以有自己的个性,可以有自己的追求,但是这种个性一旦跟"忠""孝"发生矛盾,那摆在他们面前的就只有两条路,要么放弃个性,选择忠孝;要么放弃忠孝,成为万人唾骂的千古罪人! 陆游敢于到战场上冲锋陷阵,因为那正是在实现他的"忠",在这一点上,他的个性和"忠"的原则是没有冲突的。如果死在战场,他还可以赢得忠君爱国的美名。但是,爱情恰恰是一种非常个性化的追求,如果爱情跟"忠孝"发生了矛盾,那么他只能选择忠孝,而放弃个人的爱情。

不幸的是，陆游就面临了忠孝与爱情之间不可调和的矛盾。

陆游和唐琬的婚姻，本来也是父母之命，媒妁之言，而且他们一个是才华横溢的多情公子，一个是善解人意的美貌才女。按道理，这样的婚姻应该是很完美的了。但是，偏偏，陆游的母亲渐渐对这个儿媳妇越看越不顺眼，开始还只是言语中流露出来不满，后来甚至直接给唐琬脸色看，有时候还公开批评唐琬。到最后，矛盾终于彻底激化了，婆婆逼着陆游一定要休掉唐琬。

这个问题就严重了，唐琬也不知道到底什么地方得罪了婆婆。按理说，她是大家闺秀，知书达理，对长辈恭敬孝顺，对丈夫又温柔体贴，这样的媳妇是没啥毛病可挑剔的。所以，关于陆游母亲逼着儿子休妻的原因，历来就有很多猜测，其中最靠谱的猜测，可能就是小夫妻并没有犯什么大错，如果一定要说有错，错就错在他们关系太亲密了！

陆游和唐琬新婚燕尔，如胶似漆，两人又都是有点个性的才子佳人，有些小节可能就没注意到。比如说，陆游居然还把他们恋爱的细节写成诗，他写过一首《菊花枕》，说的是小两口采集菊花，用来缝制枕头的事情。这首诗因为写得挺香艳挺风雅的，又是陆游这样名满天下的青年诗人的作品，所以当时很快就传开了。要是按我们现在的眼光来看，这不但不值得大惊小怪，反而还觉得是挺浪漫挺诗意的一段佳话。可陆游的母亲出自名门，受的是传统教育,看着儿媳妇言行举止这样"轻浮",儿子又这样"没出息",难免心里就有点不高兴。更令陆游母亲担忧的是:儿子沉湎于夫妻情爱之中,会不会因此耽误他的学业?

陆游娶唐琬大约是在绍兴十四年,也就是公元1144年的秋天,这年陆游刚满十九岁,虚岁二十。就在这一年的春天,陆游刚刚到杭州去考过进士,结果没有考上。这已经是陆游第二次考场失利了。陆游出身于书香门第,陆氏家族从他的高祖陆轸算起,进士及第的达到十六人,父亲陆宰更是著名的藏书家,家里藏书数万卷,被誉为浙中三大藏书家之一。在北宋末年的时候,朝廷下诏鼓励民间献书,陆宰一下子就献出一万三千多卷图书,是宋代私人献书之冠。生活在这样的家族,再加上陆游从小也聪明好学,早有"神童"之称,所以父母对他寄予的希望就特别大,管教特别严,望子成龙啊。本来连续两次考试失败,父母就有些失望,当然指望他继续刻苦攻读,下一次能一举考中。偏偏年轻的陆游娶了唐琬后,沉浸在爱情中,谈情说爱的时间多了点,读书用功的时间难免就少了点。母亲看在眼里,气在心上:陆游一直是刻苦的好孩子啊,在娶亲前,他是出了名的"书痴",怎么一娶了亲就变成"情痴"了呢?这岂不是正应了那句老话"红颜祸水"吗?这还了得,是功名重要,还是谈情说爱重要?这一琢磨,老母亲再看唐琬,就怎么看怎么都像"祸水",怎么看怎么都不顺眼了。

据记载，唐氏、陆游小两口"伉俪相得""二亲恐其惰于学也，数谴妇"，说的就是公公婆婆看不惯小夫妻的甜蜜恩爱、耳鬓厮磨，为此经常指责儿媳妇，批评她不该让陆游荒废了学业，甚至想把她休掉。这可能就是新婚夫妻和母亲之间的主要矛盾了。

关于陆游家庭矛盾的这个情况是陆游的学生曾黯亲口说出来的，既然是师生关系，那曾黯对陆游的家事应该比较了解，所以这个故事的版本可信程度很高。

老母亲逼着儿子休妻，儿子能怎么办呢？一边是深爱的娇妻，一边是严厉的母亲，陆游是左右为难啊！他想来想去，绞尽脑汁，最后还真想出来一招。也是绝了。他当面答应母亲休妻，背地里却另外买了一套房子，偷偷地把唐琬藏了起来，隔三岔五就找个借口去看唐琬。本来唐琬也是堂堂的大家闺秀，陆家这样对她已经够委屈的了——她是陆游明媒正娶的妻子啊，可现在她竟然成了见不得阳光的"地下情人"，这让唐琬情何以堪呢？可就是这样的委屈，唐琬也忍下来了！她为什么能忍受这么大的委屈呢？原因只有一个——因为爱！她爱陆游，为了陆游，为了他们的爱情，无论多大的委屈她也忍了，只要爱人还在她身边！

但是事与愿违，连这种偷偷摸摸的日子也没能过多久，不知道是谁又嚼舌头，到他母亲那里去告了一状。老母亲这回真是气昏了，拄着拐杖就打上门去兴师问罪。幸亏陆游先得了消息，让唐琬先逃走了，这才避免了一场一触即发的"战争"。"战争"虽然没打起来，恩爱妻子是肯定保不住了。就这样，屈于家庭的压力，陆游只能老老实实把才貌双全的妻子给休了。

不久以后，在各自父母的安排下，陆游再娶，唐琬也再嫁，两个人就这样彻底决裂了。这段婚姻竟然只持续了两年左右。按我们今天的说法，简直可以说是"闪婚闪离"了。

以现在的眼光来看，母亲逼着陆游休妻的理由实在是有些荒谬。说是因为爱情荒废学业，对于唐琬而言真是莫须有的罪名。至少有一件事可以证明这个理由不能成立：那就是陆游休了唐琬以后，并没有马上就考中进士。十年以后，二十九岁的陆游再次参加科考，还是名落孙山。他三次科考的失败，都是因为他的抗金主张跟朝廷的主和政策背道而驰，都跟唐琬没有一点关系。

这段婚姻的破裂，对陆游造成的伤害很大，这种伤害甚至影响了他的一生。陆游虽然是个大孝子，性格中的懦弱成分让他不敢为自己的爱情跟母亲正面对抗，但是并不说明他内心里对母亲就没有一点怨言。《钗头凤》中写到吹散他和唐琬的"欢情"的"东风恶"，就是父母之命。他和唐琬迫于母亲的压力，不得不面对"几年离索"的痛苦，当年浓烈的爱情，只剩下后来咫尺天涯的相思愁绪。所以陆游沉痛地一连喊出三个"错！错！错！"到底是谁错了呢？是母亲的威力？还是他自己的懦弱？他不敢明说，就像他只敢说"东风恶"一样,他有一肚子的愤怒和怨恨,但是都只能含蓄地藏在词句里。

不过,婚姻的破裂并不代表爱情的消失,爱情不能跟婚姻画等号。爱情是一种很纯粹的感情,婚姻却是很多现实条件的组合。唐琬和陆游虽然被迫离异,但他们的爱情有很深的基础,是不可能说断就断的。他们被迫离异后,一个改嫁进了名门望族,一个另娶了大家闺秀,互相就不能再见面了。可越是不能见面,心里的牵挂却是越强烈。沈园重逢后陆游写下的这首发自肺腑的《钗头凤》,就是这种牵挂的集中爆发。

"春如旧,人空瘦,泪痕红浥鲛绡透"。如果说上阕是在回忆他和唐琬过去的甜蜜生活,那下阕就转到对现在的悲叹了。沈园的春天还和以前一样,草长莺飞,阳光明媚,风景是一样的风景,人却不是一样的人了。"人空瘦"——他心上的人憔悴了。三十来岁的少妇,应该正是丰润的时候,可是唐琬却瘦了很多。心上人这么消瘦的原因,陆游心里当然很清楚。"换我心,为你心,始知相忆深",将心比心,唐琬和他一样,都是因为"东风恶"才会被折磨得这么憔悴啊!都是因为刻骨的相思才会变得这么清瘦的啊!沈园的意外重逢,不但不可能缓解他们的相思,反而是在他们的伤口上又洒了一把盐。"泪痕红浥鲛绡透",这一句是陆游在揣测分别后唐琬的样子了:回去以后唐琬一定又是伤心得以泪洗面,她的手绢儿一定被泪水浸透了吧? 想到这里,陆游既难过,又觉得有一丝安慰。难过的是,他和唐琬再也不可能复合了;安慰的是,虽然两个人不能在一起,但他们的心是永远在一起的!

唐琬跟赵士程已经离开了,只剩下陆游,对着沈园的风景独自感伤。因为唐琬的离开,连风景似乎都突然变得萧条了:"桃花落,闲池阁",强劲的东风刮过以后,象征着春天的桃花凋零了,他们爱情的春天也凋零了,沈园只剩下凄凉的池塘楼阁。他和唐琬的爱情誓言好像还在耳边回响,但是如今,两人已经咫尺天涯。"山盟虽在,锦书难托",即使有满腔的山盟海誓,自己对唐琬的爱就像石头一样坚贞,可是他们之间再也不可能有任何音信的往来,又有什么办法能让对方收到自己的这一番心意呢? 想到这里,陆游不禁悲从中来,忍不住连下了三个"莫、莫、莫"。唉,这一切都无法挽回,我们还这么伤心、这么痛苦,又能改变什么呢?"莫、莫、莫"的感叹,让我们再一次体会到了陆游的无奈,和他面对爱情悲剧时的懦弱。

人们常说,失去的东西才是最珍贵的。当两人卿卿我我花前月下的时候,我们都在忙着享受幸福,未必能真正体会到这种幸福到底对自己有多重要。可是直到失去以后,我们才终于发现,最可贵的东西已经永远不可能再失而复得了。

有一部很经典的电影《海上钢琴师》,其中有一句非常经典的对白:"我们笑着说再见,却深知再见遥遥无期。"①

陆游和唐琬的沈园重逢,大约也是"笑着说再见,却深知再见遥遥无期"吧?

很可能是在唐琬离开以后,陆游才真正意识到唐琬在自己心目中的分量。沈园的重逢,就是为这种意识的集中爆发提供了一个机会。

然而,沈园重逢是陆游和唐琬爱情发展的高潮,但并不是爱情的结束。这次重逢让他们两人都比以前更强烈地意识到:在这一辈子的感情世界里,只有对方才是彼此不可替代的唯一。沈园重逢又再次分别之后,唐琬发现,她这一辈子注定只能是陆游的女人。即使她已经被陆家休掉,不得已改嫁他人,但是她的心还是留在陆游那里的。据说,沈园分别后,陆游写下的那首《钗头凤》很快就流传开了,也很快就传到了唐琬那里。唐琬也和了一首《钗头凤》,她的和词是这样写的:

> 世情薄,人情恶。雨送黄昏花易落。晓风干,泪痕残。欲笺心事,独语斜阑,难!难!难! 人成各,今非昨。病魂常似秋千索。角声寒,夜阑珊。怕人寻问,咽泪装欢。

---

① We laughed, we kept saying, "see you soon." But inside, we both knew we'd never see each other again.

瞒！瞒！瞒！

平心而论，这首词从艺术成就上来说，是比不上陆游的《钗头凤》的。但是看上去这首词非常契合唐琬的心情：分别之后她有万语千言想对陆游诉说又无法诉说，"难！难！难！"她只能终日以泪洗面，从清晨到黄昏，独自咀嚼所有的痛。

甜蜜的爱情已成过往，今非昔比，如今的唐琬"怕人寻问，咽泪装欢"——她现在已经是赵士程的妻子了，可她的心里又始终只装着陆游。为了怕别人看出来，只好把相思的眼泪往肚子里吞，表面上还得强作欢颜，做好人家的媳妇儿，"瞒！瞒！瞒！"可以想象，这种日子对唐琬来说，是多么难以忍受的煎熬。后来的结果也确实令人震撼：沈园分别后，唐琬不堪忍受相思的折磨，"病魂常似秋千索"，心力交瘁，终于病倒了。不久，她就在这种煎熬中去世了。

唐琬的去世很容易让人联想到《红楼梦》中林黛玉的死，她们的爱情和结局有相似的地方：同样是绝代佳人和才女，同样都拥有生死相许的爱情，可是她们的爱情都抵抗不了现实的残酷，一代红颜就这样香消玉殒。也许可以这样说：在封建礼教的束缚下，爱情的悲剧结局是传统女性难以摆脱的宿命吧？

不过，署名唐琬的这首《钗头凤》有可能并非唐琬的原创。大家想想看啊，唐琬也是名门闺秀，知书达理，她怎么可能明目张胆地把自己如此隐秘的情感公开表达出来呢？"怕人寻问，咽泪装欢"，这不明摆着是在告诉自己的现任丈夫：我虽然人嫁给了你，但我心里想着的还是前任啊，我现在只是强作欢颜来讨好你的啊！她如果这样说的话，又会把现在的丈夫赵士程置于何地呢？从现有的有限的资料来看，赵士程是一个通情达理、宽宏大度的丈夫，对唐琬也很好。这样一想，我们就会发现这首词的问题了：这首词不太可能是唐琬本人写的，很可能是别人编出来，然后假托作者是唐琬。

不过，换个角度再想想，即便这首词可能并不是唐琬本人的作品，但至少可以证明一个事实：陆游和唐琬的爱情故事，确实打动了很多人，以至于有人就忍不住去揣测唐琬这个时候的心理，模仿她的口气，跟陆游的《钗头凤》唱和一番，模仿得还像模像样。一直到现在，如果大家去绍兴的沈园，还会看到，陆游和托名唐琬的这两首词就被题写在沈园最醒目的地方，成为吸引游人的一个重要景点。很多年轻的恋人，甚至还专门选择到沈园这个地方来，许下属于他们的山盟海誓，结下同心锁，期待爱情天长地久。陆游和唐琬成了他们心目中的"爱神"；沈园，也就成了见证爱情的圣地！

唐琬已经走了，这段爱情故事虽然已经成为往事，但它不会消逝，它就掩藏在沈园的这一砖一瓦，一草一木之中。对唐琬的爱成了陆游一生永远的痛，唐琬，也成了陆游一辈子最怀念的人。在他眼里，沈园是凄凉的、寂寞的，是他的伤心地。陆游七十五岁（庆元五年，1199）的时候，他还专程故地重游。这次重游伤心地，陆游写下了两首非常著名的悼亡诗《沈园》，悼念他心里永恒的爱人——唐琬。其中第一首是这样写的：

  城上斜阳画角哀，沈园非复旧池台。伤心桥下春波绿，曾是惊鸿照影来。

"城上斜阳"说明陆游重游沈园的时候正是黄昏，而七十五岁的陆游也已经是在人生的黄昏了。四十多年前，他也是在独自游沈园的时候和唐琬重逢的；四十多年后，他再来这里，却再也不可能遇见他的爱人了。七十五岁的老人，心情无疑是十分凄凉的，在他听起来，连远处传来画角①的声音也显得那么悲哀，眼前的沈园，也再不像从前那样花红柳绿、春光明媚了。

  沈园的风景是不是真的有多大变化呢？不是！还是欧阳修说得好："人生自是有情痴，此恨不关风与月"②！草木无情人有情，

---

① 一种管乐器，出自西羌，用竹木或皮革制成，古时多用于军中，以警昏晓。
② 欧阳修，《玉楼春二十九首》其四。

在感情丰富的人看来，一草一木都是有感情的，都是通人性的。在陆游的眼里，因为经历过了生离死别，沈园的每一处风景都成了他感情的寄托，每一个角落都显得那么寂寞、那么荒凉，再也不是他熟悉的那个沈园了。老人站在小桥上，看着桥下依旧碧绿的春水，深深地沉浸在对往事的回忆当中。恍惚中，他仿佛又看到了那个风姿绰约、美丽可爱的女孩——"曾是惊鸿照影来"，唐琬就好像是翩若惊鸿的仙女一样，在春水之上亭亭玉立。老人惊喜万分，可是当他张开双臂，想上前去迎接她、拥抱她的时候，"仙女"却又突然消失得无影无踪，只剩下一池碧水，在老人眼前默默地荡漾。老人这才意识到，原来刚才的这一幕美好的场景只不过是一个幻觉，是四十多年来，唐琬深深刻在他心里的一个影子。这个身影，他是一辈子都不可能抹掉了。

短短两年的爱情经历，成了陆游一生都沉浸其中的一个梦。每当他回想起梦里那些甜蜜的点点滴滴，梦醒后的凄凉却更加折磨着他。一想到自己要一个人孤独地走向生命的终点，再也不能来沈园陪伴心中永远的爱人，陆游就觉得痛不欲生。在《沈园》第二首诗中，他这样写道：

梦断香消四十年，沈园柳老不吹绵。此身行作稽山土，犹吊遗踪一泫然。

爱人唐琬已经香消玉殒四十年了，陆游这一生关于爱情的所有梦想，也随着爱人的去世而烟消云散了。连沈园的柳树都老得不再开花，而七十五岁的陆游，也预感到自己已经来日不多了。"此身行作稽山土"，稽山应该就是指山阴的会稽山，陆游的意思是自己也活不了多久了，死后他将会安葬在会稽山上，也会化作山上的一抔泥土。可是在自己离开人世之前，他最放不下的人还是唐琬，所以他还是坚持着要再来一趟沈园，最后"看"上爱人一眼。因为沈园，是他和唐琬见最后一面的地方，也是他们离婚后唯一一次见面的地方。"犹吊遗踪一泫然"，正是这个黯然泪下的老人，让我们看到那个豪情万丈的"爱国诗人"的另外一面——多情善感的一面。

其实陆游七十五岁时重游沈园，并不是他和唐琬分离后，唯一的一次来沈园，也不是他最后一次来沈园凭吊唐琬。沈园是陆游无数次在现实中、在梦中流连徘徊的地方，是这辈子他最想来、但是也最怕来的地方。怕来，是因为"沈家园里更伤情"——每次到沈园，他都会触景伤情，肝肠寸断；想来，是因为只有在这个熟悉的地方，他才能排除一切干扰，安安静静地和他的唐琬"说说话"。尤其是到了孤独的晚年，沈园更是成了他频繁光顾的一个地方。比如，在他六十八岁的时候，他也来过沈园，写过悼念唐琬的诗;① 八十一岁的时候，他梦到自己又来了沈园，来寻找他的爱人，可是凄冷的沈园里"只见梅花不见人";② 八十二岁的时候，他再一次独自回到沈园，他说自己就像一只孤独的鹤一样，徘徊在那些熟悉的亭台楼阁之间，他找不到自己的爱人，找到的只有无穷无尽的悲伤;③ 八十三的时候，他再一次来到沈园，这时候沈园的墙壁已经破败不堪了，他抚摩着自己当年在墙上留下的那首《钗头凤》词，痛苦地凭吊他心里永远的爱人。④

嘉定元年（1208）的春天，也就是陆游去世前的最后一年，八十四岁的老人还拖着病弱的身体，步履蹒跚地来到了沈园，生平最后一次来这里怀念自己的爱人唐琬。在他生命的最后时刻，他为唐琬留下了这首悼亡诗：

沈家园里花如锦，半是当年识放翁。也信美人终作土，

---

① 《禹迹寺南有沈氏小园。四十年前，尝题小阕壁间。偶复一到，而园已易主，刻小阕于石，读之怅然》：枫叶初丹槲叶黄，河阳愁鬓怯新霜。林亭感旧空回首，泉路凭谁说断肠。坏壁醉题尘漠漠，断云幽梦事茫茫。年来妄念消除尽，回向禅龛一炷香。
② 《十二月二日夜梦游沈氏园亭》其一：路近城南已怕行，沈家园里更伤情。香穿客袖梅花在，绿蘸寺桥春水生。
其二：城南小陌又逢春，只见梅花不见人。玉骨久成泉下土，墨痕犹锁壁间尘。
③ 《城南》：城南亭榭锁闲坊，孤鹤归飞只自伤。尘渍苔侵数行墨，尔来谁为拂颓墙？
④ 《禹祠》：祠宇嵯峨接宝坊，扁舟又系画桥傍。玻添满箸莼丝紫，蜜渍堆盘粉饵香。团扇卖时春渐晚，夹衣换后日初长。故人零落今何在？空吊颓垣墨数行。

129

不堪幽梦太匆匆。(《春游》)

　　沈园还像五十多年前一样，繁花似锦——"半是当年识放翁"，这是这首诗里最打动我的一句。为什么打动我呢？这句诗看上去很平淡，可是表达的却是一份很不平淡的感情。表面上看，陆游是说沈园里的这些树木，都对自己很熟悉。可是我们再细品一下，就会发现这么一个问题，为什么沈园里的风景会对诗人这么熟悉呢？沈园又不是陆游的私家花园，沈园里的花草树木也不是陆游亲手栽的，凭什么说"半是当年识放翁"呢？陆游为什么能够这么自信呢？唯一的答案就是：在唐琬离去以后的这五十多年，陆游到沈园来的次数实在是太频繁了！连这里的花花草草都对这位频繁造访的客人再熟悉不过了。不是因为沈园的风景比别的地方都要好，他之所以这么喜欢沈园，只有一个理由，那就是：他想念唐琬了！只有在沈园，他才能放任自己对唐琬的思念，找回当年他们相爱的那些点点滴滴。沈园，成了他后半辈子爱情世界的唯一寄托。

　　"半是当年识放翁"，频繁地流连沈园的背后，是陆游对唐琬最深沉也最悲怆的爱。这样一段只能埋藏在心里的爱情，一段明知道没有希望却仍然放不下的爱情，这份爱情折磨了陆游五十多年，可是直到生命的最后，他依然爱得无怨无悔！

如今，沈园的风景还是那么熟悉，不同的是，他最熟悉的身影不见了。在无数次执着的追寻之后，八十四岁的老人自己也将走到生命的尽头，他清醒地意识到：这样的追寻在他的生命中也该走到尽头了。"也信美人终作土"，那个风姿绰约、美丽温柔的女子，也终归化作了泥土吧？八十四岁的老人，也许并不害怕死亡，可是却空前地感受到了孤独，他要将这种爱带到生命的最后，在爱情的梦里找到自己灵魂最后的归宿。

真正的爱人，应该是知音相许的灵魂伴侣，在陆游的爱情世界里，唐琬就是他唯一的灵魂伴侣。

两年相伴，换取一生相忆。

或许，只有灵魂之爱，才能绵延一生，才能在心灵的荒漠中给予彼此以清泉，纯净，且温暖。

7

捏一个你，塑一个我
——管道昇

这是一个貌似俗套的爱情故事，但是就在这个看似老掉牙的故事里，隐藏着古往今来令所有才子佳人都无比艳羡的爱情典范。注意：我说的是"所有"才子佳人，既然是"所有"，那就应该是"无一例外"。之所以我敢作出这样的评价，是因为他们的爱情经历，在古代名人中堪称完美，完美到几乎无人可以超越。

然而，所有完美的故事总免不了有一点瑕疵，我甚至觉得，有时候一点无伤大雅的瑕疵，会让"完美"更接地气、更有情趣。我首先要讲的这个俗套的小故事，就发生在这段完美的爱情典范中。

这个故事的男一号是元代第一大才子赵孟頫，女一号则是元代第一大才女管道昇。

元成宗大德三年（1299）八月，赵孟頫任集贤直学士，行浙江等处儒学提举,这一年,赵孟頫四十六岁。一直到武宗至大三年(1310)九月,也就是十二年后,五十七岁的赵孟頫,才应诏离开江南赴京城大都(今北京)①。这十二年的时间,他主要的居所在杭州。江南是赵孟頫的家乡,秀美的山水,熟悉的风土人情,相对较为单纯的工作环境,亲切自在的朋友圈,这一切都令他感到身心放松,创作激情高涨,这应该是赵孟頫一生之中生活最为惬意的时期之一。在这十二年中,赵孟頫的婚姻也从第十四个年头走到了第二十五个年头。

都说婚姻的"七年之痒"是一大考验,而这已经是他婚姻的第二、第三甚至接近第四个"七年之痒"的时候了。对于赵孟頫这样名满天下的风流才子而言,日渐平淡的婚姻生活中偶尔泛起一点波澜,实在是再正常不过的事——这点小小的波澜就是:赵孟頫偶尔产生了纳妾的念头。

虽然对于那个时候的风流才子来说,纳几个小妾实在是再正常不过的小事。但赵孟頫向来特别尊重他的夫人,他觉得在纳妾之前还是有必要先知会夫人一声,于是他写了一首小曲儿,晚上的时候悄悄放在夫人的妆台上,想试探试探夫人的心意。这首小曲儿是这样写的:

---

① 本篇赵孟頫生平主要参考任道斌著《赵孟頫系年》,河南人民出版社1984年版。

> 我为学士,你做夫人。岂不闻,陶学士有桃叶、桃根,苏学士有朝云、暮云。我便多娶几个吴姬越女何过分?你年纪已过四旬,只管占住玉堂春。

写完这首小曲儿,我猜想赵孟頫这时候的心情应该很矛盾:一方面他要故作镇定。因为他自认为他的要求名正言顺、理所当然,就像其他所有的男人一样。为什么说这要求是理所当然的呢?赵孟頫在这首曲词中,给出了他认为非常"充分"的理由:

"我为学士,你做夫人",我是堂堂的翰林学士,而且托我的福,你也被封为夫人,应该算得上是夫贵妻荣了,这都是我的功劳啊!若不是我事业成功,夫人你怎么可能有如此风光的地位呢?

确实,管道昇已是贵为翰林学士夫人,后来随着赵孟頫在仕途上的一帆风顺,管道昇又于至大四年(1311)被封为吴兴郡夫人,仁宗延祐三年(1316)更是晋封为魏国夫人。赵孟頫本人则于这一年进拜翰林学士承旨、荣禄大夫、知制诰兼修国史,官居从一品,并且推恩三代,这是南人在元朝廷为官的最高职位了。

元朝将国民划为四个等级:第一等当然是蒙古人,第二等是色目人(西域各民族),第三等是汉人(主要指北方原金国统治范围内的汉族、契丹、女真等各民族），最末一等是南人，也就是南宋统治范围内的汉族人。赵孟𫖯以南人的身份能在元朝官至一品，足见元朝廷对他才华的特别重视与赏识。元末以前，官至一品的南人仅有两个，赵孟𫖯就是其中之一①。

夫妻二人如此荣显，而且又都是饱读诗书的才子才女，交往的不仅有高人雅士，更有朝廷的皇亲国戚、达官贵人，当然应该知道在这个圈子里，男人纳妾是最正常、最理所应当的事情，没有纳妾才是被人指指点点的"异类"。

正是基于这样的观念，赵孟𫖯才振振有词地继续"显摆"：不仅我们身边多的是纳妾的"榜样"，你看历史上那些著名的人物哪个不是三妻四妾呢？就比如说陶学士吧，他就左拥右抱有两个爱妾——桃叶、桃根。

其实，历史上的桃叶、桃根姊妹二人均是晋代著名书法家王献之的爱妾，因此后来的诗词中常以桃根、桃叶代指爱妾或情侣。赵孟𫖯说的"陶学士"可能是陶渊明，也可能是南朝时候的陶弘景，而桃根、桃叶只是爱妾的代名词而已。

苏学士当然是指赵孟𫖯的偶像之一苏轼了。苏轼的爱妾王朝云，被苏轼视为一生最重要的红颜知己，所谓朝云、暮云只是为

---

① "据考，在元末农民起义爆发之前，南人官至一品有记载者，仅程钜夫和赵孟𫖯而已"。参阅赵维江著《赵孟𫖯与管道昇》，中华书局2004年版，第175页。

了曲词的对仗而已。不过苏轼倒也的确不止朝云一个侍妾，只是在被贬惠州之后，他将除了朝云之外的其他所有侍妾都遣散了而已。

既然"我"的两大偶像王献之、苏轼都是妻妾成群，"我"赵孟頫无论是论官职、还是论才华，都是一时翘楚，不比他们任何人差啊！那我也像他们一样，多纳几个"吴姬越女"总不算过分吧？何况夫人你也是四十好几的人了，早已经不是当年的青春红颜，你放心，你只管做你的正室夫人，你的尊贵地位绝对没有人可以动摇，但是总可以分一点"春色"给别人吧？

在赵孟頫看来，无论是从当时交往的"朋友圈"，还是历史上的同行来看，拥有几位年轻美貌的侍妾，那真的是太顺理成章的事情了。

不过尽管赵孟頫洋洋洒洒论证了一番纳妾的必要性和必然性，但另一方面他又实在摸不准夫人会有什么反应。因为尽管他的要求和其他男人一样再正常不过，可他的夫人却远远不像其他女子一般平常，所以他的内心又是忐忑不安的。就好像一个偷了东西又良心发现去自首的"小偷"一样，他翻来覆去、辗转反侧，估计一个晚上都没睡好觉，就等着第二天接受"法官"的最终审判。

第二天一大早，赵孟頫就起床了，正在他心里打鼓似的怦怦直跳时，他的夫人也梳妆整齐，从卧室里款款走了出来。赵孟頫不敢抬眼看她，只是用眼角的余光偷偷瞟了一眼夫人的脸色。让他十分惊讶的是，夫人脸上竟看不出一丝明显的异样：既没有他担心的暴怒，也没有他想象的幽怨，而是神色如常、一如既往地吩咐家人干这干那，服侍丈夫收拾整齐，送他出门上班……

赵孟頫不知道夫人葫芦里卖的什么药，他不敢挑明，只好也装作若无其事的样子，告别夫人出门去了。

这一天赵孟頫都是魂不守舍，什么公事都无心处理，早早地下班回府。府上似乎一切都很平静，家事井井有条，反倒是赵孟頫像做贼心虚一样，一进门就溜进了书房。

不过，一进书房，他就发现了书房的变化：书桌上整整齐齐地铺着一张纸，那分明是夫人的笔墨。他的夫人书法堪称一绝，娟秀中隐隐透着飘逸，夫人的笔迹他是再熟悉不过了。

赵孟頫三步并作两步地奔到书桌前，眼光一扫，脸上的表情在瞬间发生了好几轮变化：先是惊讶，然后是羞愧，再后来是感动，最后，他的脸上泛起了笑容，从开始强忍着微笑，一直到实在忍不住捧腹大笑……

原来，让赵孟頫情绪发生如此强烈"震荡"的，正是夫人答复他的一首曲词：

你侬我侬，忒煞情多。情多处，热似火。把一块泥，捏

（捻）一个你，塑一个我。将咱两个，一齐打破，用水调和。再捏（捻）一个你，再塑一个我。我泥中有你，你泥中有我。与你生同一个衾、死同一个椁。

现代的吴语"侬"代表"你"的意思，古代的吴语则也可称"我"为"侬"。赵孟頫是吴兴人（今属浙江湖州），管道昇是他的同乡，浙江德清县人，因此管夫人一开始就运用了夫妻双方都觉得特别亲切的方言，来表达自己的态度："我呀你呀，你呀我呀，就是感情太好太黏糊了啊！咱俩感情好的时候，热情燃烧得就像一把火一样。我和你，本来就好像是泥巴捏成的两个小泥人，将两块泥巴打碎了，用水和在一起搅匀，然后用这团和匀了的泥巴再捏成一个你、捏出一个我，再也分不清哪块泥巴是原来的你、哪块泥巴是原来的我了。我中有你，你中有我，咱俩早就融为一体，成了同一个人，早就分不出谁是你、谁是我了。我和你，活着就要盖同一床被；就是死了，也要睡在同一口棺椁里，生生死死，永不分离！"

管夫人的这首答词被称为《我侬词》或者《我侬曲》，它之所以能在一瞬间便打动丈夫，并且使丈夫在百感交集中产生一系列情绪的跌宕起伏，我想主要在于《我侬词》具备了以下五大特点：

其一，新奇的比喻。

这首曲子最重要的创意是将夫妻之间的关系用捏泥人来打比方。丈夫和妻子在相识相爱之前，本来只是两个互不相干的陌生人，可是一旦成为夫妻，便好比是用水重新调和了泥巴，将两个完全独立的个体糅合成了同一个人，再也分不清是你还是我。

完全的水乳交融，这才是最令人向往的婚姻状态。

其二，幽默的心态与强大的情绪自控能力。

管夫人真是太聪明了！她的聪明，不仅仅是用捏泥人这样新奇的比喻来象征夫妻关系，更在于她的情绪控制能力。当她刚刚得知自己深爱多年的丈夫，居然也会有"走神"的时候，我相信，就像大多数女性一样，她的内心一定也是崩溃的。但她竟然没有慌了手脚，而是在很短的时间内迅速稳定住了极度痛苦的情绪，没有鼻涕一把、泪一把地像个怨妇似的哭诉，更没有拖着丈夫大吵大闹，《我侬词》从头到尾没有流露出一丝"怨妇"专属的负面情绪。

如果说赵孟頫的原词充满着调侃甚至有些嬉皮笑脸的意味，那么管夫人《我侬词》的幽默诙谐，丝毫不逊色于她的丈夫。

其三，爱情的深度与强度。

"与你生同一个衾，死同一个椁"，这样的爱情宣言，与"执子之手，与子偕老"、与"愿得一心人，白头不相离"的爱情誓言是一致的，在爱情的强度与深度上也是相似的。管夫人没有怒斥丈夫的"变心"，她只是按照自己的想法，抒发她对丈夫誓死不贰的爱情，并且坦率地表达她对夫妻一体、夫妻同心的无比珍惜。

其四，宽广的胸怀和智慧的表达。

赵孟頫的原词是试探夫人对他纳妾的态度，可是出人意料的是，作为答复，管夫人的《我侬词》竟然从头至尾都没有对丈夫纳妾的念头表示一丝一毫的意见：她既不说同意，也不说不同意。换言之，她不能说"我同意"，也不能说"我不同意"。因为从理智上看，支持丈夫纳妾天经地义，还可以博得一个贤良的名声；从感情上说，只属于两个人的爱情世界，容不下第三个人。在如此鲜明地表达了自己的爱情观之后，她把最终的决定权交还给了丈夫：我的态度就是这么个态度，至于你怎么决定，你看着办吧！

其五，追求平等的爱情观。

这首《我侬词》还显示出管夫人的爱情高度——她自始至终压根就没有提什么学士啊、夫人啊这样一些外在的身份地位，对她而言，只要夫妻始终相伴相守，那么无论是吃糠咽菜，还是锦衣玉食，她都不放在心上。在她心里，只要爱情是完整的，只要夫妻二人在精神上是独立的、是平等的，那么无论贫穷还是富贵，爱情的世界都是完美的。

相比管夫人这种追求平等、独立的爱情观，赵孟頫那种近乎炫耀似的自诩风流、自夸富贵，实在是显得太肤浅了一点。

这就难怪，当赵孟頫读完《我侬词》，既为夫人的深情而感动，又为夫人的智慧而感到羞愧。当然，夫人那种幽默与诙谐的语气，也让他在汗流浃背的惭愧过后，还为夫人的幽默与豁达忍俊不禁，乃至于拍案叫绝、痛快淋漓地大笑起来。

之前在纳妾还是不纳妾的问题上纠结了许久，现在夫人简简单单几句词，就让他豁然开朗，顿时感到了一身轻松地解脱。

当他好不容易止住笑，一转身，发现管夫人也笑意盈盈地倚在门口。四十多岁的女人，容颜早已不复当年的青春貌美，但她眼睛里流露出来的善解人意，让赵孟頫再一次觉得：妻子才真是天下最美的女人。当两人的眼神再次交汇的时候，没有埋怨，没有怒气，没有痛苦，也不需要任何解释，只有彼此的了解与深爱。几乎就在同一瞬间，夫妻俩的脸上都绽放了笑容，笑容里充满了如释重负的宽容与理解。

经过这一番曲词的唱和，赵孟頫纳妾的念头当然是彻底打消了，而且在这段小插曲过后，夫妻间的爱情还升华到了更高的境界。

相比其他婚姻美满的古代名人夫妻，赵孟頫与管道昇显然更令人羡慕。其实丈夫想纳妾这样的事儿，在古代是屡见不鲜的。如汉代才女卓文君，也遭遇过丈夫司马相如想要纳妾的婚姻危机。当年的卓文君，作为全国首富的千金，因为爱慕司马相如的才华，毅然决然跟随司马相如过着家徒四壁的生活，历尽千辛万苦，患难与共，在她的帮助下，司马相如才终于摆脱贫穷，后来又得到汉武帝的赏识，跻身于上流社会。可是，生活才刚刚富裕起来，司马相如就开始有些心猿意马，想要纳一个年轻貌美的女子为妾了。

传说伤心的卓文君也像管夫人一样，写了一首诗向丈夫表明态度，这就是《白头吟》：

皑如山上雪，皎若云间月。
闻君有两意，故来相决绝。
今日斗酒会，明旦沟水头。
躞蹀御沟上，沟水东西流。
凄凄复凄凄，嫁娶不须啼。
愿得一心人，白头不相离。
竹竿何袅袅，鱼尾何簁簁。
男儿重意气，何用钱刀为？

同样是表达对爱情忠贞的态度，相比管夫人《我侬词》的幽默诙谐，卓文君的《白头吟》则显得斩钉截铁。"闻君有两意，故来相决绝"，这是一种绝不能让爱情苟且的悲壮；"皑如山上雪，皎若云间月"，这是最纯洁清澈的爱情理想；"愿得一心人，白头不相离"，这是追求爱情永恒的勇敢执着。卓文君这种坚决的态度和深挚的情意，终于挽回了丈夫游离的心。

宋代才女李清照和赵明诚的婚姻，在世人眼中也堪称是完美夫妻的典范，但李清照的内心却仍然徘徊着丈夫纳妾之后的幽怨。李清照面临的情况可能比卓文君和管道昇更为复杂：因为她与赵明诚结婚多年没有生下一儿半女，在当时的伦理环境下，她似乎没有勇气像卓文君和管道昇那样，勇敢地阻止丈夫纳妾。她只能默默咽下泪水，独自咀嚼被丈夫冷落之后的痛苦，她的不少词句都流露出这种忧郁，吟唱出"惟有楼前流水，应念我、终日凝眸。凝眸处，从今又添，一段新愁"的淡淡忧伤，却并没有那份坚守爱情唯一性的勇敢和决绝。

管道昇的《我侬词》，既不像卓文君那样怀着一种悲壮的决绝，也不像李清照那样只能无奈地哀叹，她凭借自己的幽默与豁达，轻轻松松点醒了一时昏聩的丈夫，将完全有可能造成的婚姻悲剧，瞬间妙手逆袭为婚姻中充满情趣的小插曲，创造了皆大欢喜的喜剧结局。

当然，也许人们还有疑问，难道凭这么一首简单的词，就能化解婚姻遭遇的种种危机吗？这也太戏剧化了吧？

当然不是。说到底，《我侬词》代表的只是赵、管婚姻中的一个小插曲而已，真正化解他们婚姻危机的，并不只是一首曲词，而是他们长期以来奠定的深厚的爱情根基。那么，赵孟頫和管道昇的婚姻基础到底是什么呢？我想，从这么几个方面来简单梳理一下他们的爱情经历。

首先，"再捏（捻）一个你，再塑一个我"的美满姻缘。

赵孟頫是正宗的皇族后裔，他是宋太祖赵匡胤的十一世皇孙。南宋的时候，宋孝宗在湖州选择了一块美丽富饶的地方赐给他的同胞哥哥崇宪靖王赵伯圭，赵氏皇族的这一支就在这里生息繁衍了下来。赵伯圭正是赵孟頫的四世祖。因为这层显赫的皇亲关系，赵氏家族世代在朝廷任高官。南宋理宗宝祐二年（1254），赵孟頫就诞生在这个钟鸣鼎食的家庭中。天生的贵族气韵，家乡吴兴如画一般优美的自然风光，陶冶着赵孟頫的性情。而赵氏皇族除了君临天下的帝王气质之外，还有一个与众不同的特点：几乎历代皇帝都有着极为高超的艺术修养：北宋时宋徽宗赵佶就是一个文艺全才，还独创了书法史上极有个性的"瘦金体"；南宋第一个皇帝宋高宗赵构的书法也独具一格，号称"思陵体"。先祖们的艺术成就，成为赵孟頫学习的榜样；先祖们营造的浓郁艺术氛围，孕育了赵孟頫与生俱来的艺术气质，也为他成长为一代文艺全才奠定了基础。

赵孟頫没有辜负他如此高贵的血统和聪颖的天赋，幼年丧父的他，在母亲的鞭策下，从小就昼夜苦读，从不懈怠。成年后的赵孟頫，身兼画家、书法家、篆刻家、音乐家和诗人、学者等各种身份于一身，而且在各个领域都堪称一代领袖，尤其他的书法和绘画作品价值连城，是收藏家们趋之若鹜的宝贝。

遗憾的是，赵孟頫的青少年时期正值南宋末世，他的满腹才华无法在南宋朝廷施展。南宋灭亡之后，赵孟頫一直隐居在家乡，以诗书自娱，成为著名的"吴兴八俊"之一。才名远播的他，又有赵宋皇孙的身份，自然成为元朝廷屡次征召的重点对象。然而他一直推辞不受，直到元世祖忽必烈多次专程派人礼聘他出山，至元二十三年（1286）十二月，三十三岁的赵孟頫才终于启程赴京。第二年六月出任奉训大夫、兵部郎中，总管全国驿置费用事宜，从此开始了他在元朝的仕宦生涯。

在元朝为官的时候，历代皇帝都对赵孟頫的才华赏识有加。元世祖忽必烈一见赵孟頫，就为他的"才气英迈，神采焕发"所倾倒，觉得他的仪表风度简直如同"神仙中人"。而赵孟頫草写的诏书也深得忽必烈的赞赏，他高兴地说："得朕心之所欲言者矣。"①

后来的元仁宗孛儿只斤·爱育黎拔力八达更是对赵孟𫖯圣眷优渥,与赵孟𫖯交谈只称呼他的字"子昂",从不直呼其名,可见对他的尊重。元仁宗甚至还晓谕众大臣说:"文学之士,世所难得,如唐李太白、宋苏子瞻,姓名彰彰然常在人耳目。今朕有赵子昂,与古人何异?"

元仁宗将赵孟𫖯比作是唐代的李白、宋代的苏轼,实在是对当朝文学之士的最高评价了。可以毫不夸张地说,赵孟𫖯堪称元代的第一才子,引领着有元一代之文艺风流。

管夫人的家族也并非默默无闻之辈。管道昇字仲姬,她的先祖是春秋时期著名的齐国贤相管仲,因为避难从齐国迁到了吴兴,因此管道昇出生的地方被命名为"栖贤"。管道昇的父亲管坤,生性倜傥不羁,以豪侠仗义、真诚慷慨闻名乡里,常常助人于危难之中,深受同乡人的尊重和爱戴,被尊称为"管公"。管坤没有儿子,可他对几个女儿的培养同样不遗余力,尤其是次女管道昇天性颖慧,"聪明过人",能诗能画,最擅长画墨竹,"笔意清绝"②。赵孟𫖯也曾经这样评价管夫人:"天姿开朗,德言容

---

① 《元史·赵孟𫖯传》。
② 杨载《赵公行状》。

功，靡一不备；翰墨辞章，不学而能。"①管道昇才貌双全，诗、书、画无一不精，尤其得到父亲管坤的钟爱。而且管公早早放出话来："我的女儿是我的掌上明珠，必欲得'佳婿'，才肯把她嫁出去。"

就是这样两位驰名吴兴的才子、才女，可都因为眼光挑剔，一个迟迟不娶，一个迟迟未嫁，他们都在执着地等待，等待最适合自己的那个人出现。这一等，就等到了赵孟頫的而立之年。赵孟頫的才名对于深闺之中的管道昇早已是如雷贯耳，而管道昇的闺名也早已让赵孟頫倾心向往。"身无彩凤双飞翼，心有灵犀一点通"，他们之间，需要的只是捅破这层窗户纸的一个契机而已。

在爱情最为关键的转弯处，这个契机出现了——管道昇的父亲管坤充当了一回爱情的鹊桥，也许是他洞察了爱女的情思，也许是与赵孟頫的交往令他对这位大才子十分满意，总之，慧眼识珠的管公与赵孟頫一见如故，交往频繁，他一眼看出赵孟頫虽然是典型的高富帅，却并非那种浅薄的花花公子之流，无论是才华、气度还是人品，都绝非久居人下之辈，值得女儿托付终身。

于是，在管坤的首肯之下，而立之年的赵孟頫终于如愿以偿。最迟在至元二十三年（1286）赵孟頫赴京入仕前，赵孟頫将吴兴最

---

① 赵孟頫《魏国夫人管氏墓志铭》。

有名的才女娶回了家中，从此开始了琴瑟相谐的婚姻生活。

这一段姻缘就像管夫人《我侬词》里描述的那样："把一块泥，捏（捻）一个你，塑一个我。将咱两个，一齐打破，用水调和。再捏（捻）一个你，再塑一个我。"

说白了，婚姻就是将"你"和"我"一齐打破，再用水调和，再捏一个你，再塑一个我的过程。

其次，"我泥中有你，你泥中有我"——婚姻生活中的夫唱妇随。管道昇和赵孟𫖯都是一流的画家、书法家和诗人。在此，我不打算对他们的书法、绘画成就做任何评价，只回答一个问题，他们夫妻怎么能做到在艺术创作和日常生活中"我泥中有你，你泥中有我"呢？

管夫人的书画技巧达到了几乎可以和丈夫赵孟𫖯乱真的境界。在日常的艺术切磋中，夫妻俩为对方代笔、合作完成同一件艺术作品是经常发生的事儿，或者彼此为对方的书法、绘画作品题诗作序等更是家常便饭。略举几个例子：

元成宗大德三年（1299）十月三十一日，赵孟𫖯代管夫人作《墨竹长卷》，并行书《修竹赋》于画卷之上。《壮陶阁书画录》卷7《元管夫人墨竹长卷》载："前行书《竹赋》，后墨竹十余丛，悉松雪代笔。"卷后题："大德三年十月晦日写，道昇。"（赵孟𫖯号松雪道人）大德八年（1304）四月十五日，管夫人为赵孟𫖯《鸥波亭图》写竹,夫妻合作完成《鸥波亭图》轴。

元仁宗皇庆二年(1313)春,赵孟𫖯与管夫人合作完成《枫林抚琴图》。管夫人墨画补新篁坡石,落款"仲姬"。赵孟𫖯又题诗一首:"南望多春雨,江湖日夜深。不知空谷底,谁与共芳心。玉节去翩翩,难招海上仙。青鸾三尺影,犹舞镜台前。"落款"子昂重题"。这样的例子举不胜举。与赵孟𫖯从小勤学苦练略有不同的是,管夫人天资聪颖,无论学什么都是一点即通,连赵孟𫖯都不得不承认,夫人"不学诗而能诗,不学画而能画,得于天然者也"①。这当然不是说管夫人不勤奋、不刻苦,而是说她的艺术作品更多了一种女性直觉的天然情韵,而且在长期与丈夫的相伴相守中,赵孟𫖯的艺术技巧对夫人的影响也日益加深,正如同管夫人自述所云:"操弄笔墨,固非女工,然而天性好之,自不能已。窃见吾松雪精此墨竹,为日既久,亦颇会意。"她说自己经常悄悄地看丈夫画墨竹,然后用心揣摩,甚至反复临摹,久而久之,自然也能将墨竹画得清雅飘逸,与丈夫作品的气韵颇为神似。

就连元仁宗都专门下旨令秘书监珍藏管夫人、赵孟𫖯及其子赵雍的书法作品,并且感叹道:"使后世知我朝有一家夫妇父子皆善书,亦奇事也!"这就是将赵氏夫妇一家视为元朝书法界最高

---

① 赵孟𫖯《书渔夫词并题》。

水准的代表了。而赵孟𫖯在京为官期间，管夫人也成了后宫皇太后、皇后的座上客，经常被皇太后留在宫中赐宴，为后宫女子谈诗论画，获得赏赐无数。

大德二年（1298）九月十五日，管道昇完成了一幅《梅竹卷》，赵孟𫖯叹赏不已，一时兴之所至，提笔便在画卷上楷书了一首七律："握笔知伊夺化工，消闲游戏墨池中。寒梅缀雪香生月，疏竹凝烟叶倚风。小径幽然临石砌，斜蹊清雅护苔封。炉香袅袅茶烟好，逸兴飘然岂俗同？"对妻子的画艺进行了高度评价:笔夺化工，哪怕只是消闲游戏之作，却"落笔秀媚，超轶绝尘"，显示出妻子飘逸秀丽、清雅脱俗的情趣。他还夸这幅梅竹图"深得暗香、疏影之致"，这既是对管夫人画艺的高度评价，又何尝不是他对妻子品性气质的深刻了解？

不仅赵孟𫖯的诗画技艺潜移默化地影响着妻子，管夫人为人处世的态度也无时无地不在影响着丈夫。管夫人生性温和善良，还是一个虔诚的佛教徒。在她的影响下，赵孟𫖯也结下了深厚的佛缘，夫妻俩结交了不少僧人朋友，其中高僧中峰明本更被他们夫妇视为精神上的导师和终生信赖的朋友。书写佛经，在艺术作品中蕴含幽深高蹈的禅意，也成为夫妻二人共同的艺术追求。

尤其值得一提的是，极具艺术气质的管夫人并非不食人间烟火的富家女子，在艺术界，她是顶尖级的才女，在家里，却是丈夫最依赖的贤内助。赵孟頫是一个艺术家，对琐碎的家务事难免感到生疏和不耐烦，因此在他们的婚姻中，"家务一委之夫人"，赵孟頫则"毫发不以为虑，专意于诗书"。①正是管夫人的贤惠能干，为赵孟頫提供了一方悠游自在的艺术家天地。赵孟頫曾经发自内心地感慨：夫人"处家事，内外整然。岁时奉祖先祭祀，非有疾必齐明盛服，躬致其严。夫族有失身于人者，必赎出之；遇人有不足，必周给之，无所吝。至于待宾客、应世事，无不中礼合度。心信佛法，手书《金刚经》至数十卷，以施名山名僧"②。管夫人为人处世的严谨整肃、善良侠义，让丈夫在敬佩的同时，更添依恋之情。

赵孟頫与管道昇，无疑是当朝最令人艳羡的神仙眷侣。这种在日常生活与艺术追求上的高度一致，"你中有我，我中有你"的水乳交融，古往今来，又有几对夫妻能够做得到，并且一坚持就是整整三十年呢？

最后，"生同一个衾，死同一个椁"的生死相随。

相伴相随三十余年，无论赵孟頫是在朝为官，或是外放为地方官，又或是隐居在家乡，他与管夫人绝大多数的时间都是朝朝暮暮长相厮守的，很少有特别漫长的分离。

---

① 杨载《赵公行状》。
② 赵孟頫《魏国夫人管氏墓志铭》。

至元二十三年（1286）冬，婚后不久的赵孟頫告别爱妻幼子，离开家乡应诏赴京，这应该是夫妻间一次较长时间的离别。虽然期间赵孟頫曾两次回乡探亲，但对于如胶似漆的恩爱夫妻而言，一日不见如隔三秋，何况是三年的天各一方呢！至元二十五年（1288），管道昇绘制了一幅《云山千里图》，画尾题上了"云山万重，寸心千里，仲姬写寄子昂赐正"。画面上"云树苍茫，烟邨罨霭。怀人远思，婉露笔端"①，新婚夫妻之间的缠绵旖旎之思溢于笔端。

千里之外的赵孟頫也深深沉浸在对妻儿的思念之中，"思与君别来，几见芙蓉花。盈盈隔秋水，若在天一涯"。赵孟頫的这首《有所思》，既满怀身世经历的感触，更包含着对管夫人的相思之情。只是赵孟頫初到京城，自己的生活还没有安顿下来，而且元朝官员的俸禄很低，入仕之初，这位出身贵胄的皇孙居然一时之间身陷贫苦的困境。北方的寒冷气候，也让这位江南才子难以忍受。直到至元二十六年（1289），元世祖忽必烈得知了赵孟頫的家庭状况，特别赏赐给他中统钞五十锭，相当于他三十五个月的俸禄。有了这样一大笔钱，赵孟頫才终于有了足够的经济实力，他亲自回到家乡，将夫人从千里之外的家乡接到了京城。经过了两年多

---

① 少唐居士跋，见孔广陶编《岳雪楼书画录》卷3《元管仲姬云山千里图卷》。

的分离、几百个日日夜夜的孤独,在至元二十六年的春天,这对饱受相思之苦的恩爱夫妻终于团圆了。

更加难能可贵的是,虽然赵孟頫历仕元朝的世祖、成宗、武宗、仁宗、英宗五朝,以最低等的南人身份获得一品高官,堪称功名富贵的极致,可是无论是赵孟頫本人,还是夫人管道昇始终没有将荣华富贵当成毕生所求。反而是在他们事业最为鼎盛的时期,管夫人再一次巧妙地提醒丈夫:功名富贵不过是身外之物,如浮云般来无影去无踪,实在不值得我们留恋。

尤其是到了晚年,赵孟頫的名气与身价如日中天,不仅圣眷优渥,字画作品更是让天下人趋之若鹜,求书索画的人从早到晚络绎不绝,甚至他们家门口的街巷经常被来来往往的车马堵到水泄不通的地步。巨大的财富与无上的荣耀,没有让赵孟頫和管夫人丧失清醒的意识,越是烈火烹油,他们却越是厌倦这种迎来送往的生活状态。皇庆二年(1313)十二月十八日,赵孟頫写下两首《渔父词》与管夫人唱和,再一次抒发了对归隐江南的向往之情:

渺渺烟波一叶舟,西风木落五湖秋。盟鸥鹭,傲王侯,管甚鲈鱼不上钩。

侬住东吴震泽州,烟波日日钓鱼舟。山似翠,酒如油,醉眼看山百自由。

而激发赵孟頫强烈思归愿望的直接原因,正是管夫人绘《渔父图》并题写的四首《渔父词》:

遥想山堂数树梅,凌寒玉蕊发南枝。山月照,晓风吹,只为清香苦欲归。

南望吴兴路四千,几时回去雪溪边。名与利,付之天,笑把鱼竿上钓船。

身在燕山近帝居,归心日夜忆东吴。斟美酒,脍新鱼,除却清闲总不如。

人生贵极是王侯,浮利浮名不自由。争得似,一扁舟,弄月吟风归去休。

这四首《渔父词》的主旨,都是在描绘家乡吴兴清新秀逸的自然风光、悠闲自在的隐居生活,含蓄地劝告丈夫不要贪恋浮名浮利、荣华富贵,不如将身心沉浸在自然山水之中,追求艺术境界的极致,这才是他们真正应该向往的生活。

显然,管夫人是深深了解丈夫性情的,赵孟頫的和词正是呼应了夫人告别繁华、归隐江湖的期待,也是"我泥中有你,你泥中有我"爱情理想在现实生活中的完美实现。

元仁宗延祐五年（1318）冬，管夫人脚疾再度发作，虽然元仁宗派遣了最好的太医一批又一批轮番到赵府诊治，可是病势缠绵，总没有好转的迹象。夫人病重，赵孟頫心急如焚，他屡屡上书，希望能够满足夫人的愿望，护送夫人回归故里。延祐六年（1319）四月二十五日，六十六岁的赵孟頫终于得到元仁宗的许可，护送染疾的管夫人离京回乡。

然而，管夫人衰病的身体再也无法坚持数千里的长途跋涉了，五月十日，官船行经山东临清，管夫人溘然病逝。

三十年的相濡以沫，三十年的书画酬答，三十年的千里相随，一朝逝去，在无尽的伤痛与绝望中，赵孟頫只能求助于和妻子共同的心灵导师——高僧中峰明本。他写了无数封书信给中峰和尚，倾诉他痛不欲生的情感：

孟頫得旨南还，何图病妻道卒！哀痛之极，不如无生……孟頫自老妻之亡，伤悼痛切，如在醉梦……盖是平生得老妻之助整卅年，一旦哭之，岂特失左右手而已耶！哀痛之极，如何可言！

孟頫与老妻，不知前世作何因缘，今世遂成三十年夫妇？又不知因缘如何差别，遂先弃而去？使孟頫栖栖然无所依。今即将半载，痛犹未定。

妻子病逝之后，虽然赵孟頫不得不强撑着料理妻子的后事，但他的心情已经跌入谷底，日夜以泪洗面直至两眼昏暗、身形憔悴，连走路都很艰难，身体状况急转直下。在对妻子无尽的思念之中，赵孟頫也走完了他人生的最后三年。

元英宗至治二年（1322），六十九岁的赵孟頫在吴兴家乡去世。遵照他的遗嘱，九月十日，他与夫人管道昇合葬于管夫人的家乡德清县千秋乡东衡山，夫妻永远相随于另一个温暖的世界。

赵孟頫与夫人管道昇，用三十年相濡以沫的爱情与婚姻，树立了爱情最完美的典范。

什么是最智慧的爱情态度？在相爱之前，我是我，你是你，我们是平等而独立的两个个体；在我们相爱之后，我既是我，同时也是你，我们是彼此难以分隔的一个整体。

什么是最圆满的爱情理想？你侬我侬，"我泥中有你，你泥中有我"，在婚姻中完成"将咱两个，一齐打破，用水调和。再捏（捻）一个你，再塑一个我"的蜕变，实现"我泥中有你，你泥中有我"的心心相印。管夫人和赵孟頫用了一生的时间去重塑各自的生命，甘愿为彼此而改变自己，将彼此融合成你中有我、我中有你的同一个人。什么是最坚贞的爱情誓言？"与你生同一个衾、死同一个椁"。当夫妻俩最终合葬于管夫人的家乡后，他们的身体真的化为了同一抔泥土。管夫人托付一生的丈夫，也用生死相随的爱情回报了她。他们用三十多年的婚姻，诠释了爱情的完美。

8

念畴昔风流，暗伤如许
——柳如是

明末清初的南京秦淮河畔，是一个文人荟萃、名媛云集的地方。今天去南京秦淮河的游客还可以看到，秦淮河北岸留有江南贡院遗址（现为中国科举博物馆），是明代南方会试的总考场，可以想象当年江南才子汇聚一堂的文采风流；更令人称绝的是，秦淮河对岸便是江南名姝聚居之地，而其中的佼佼者便是号为"秦淮八艳"的柳如是、顾横波、马湘兰、陈圆圆、寇白门、卞玉京、李香君、董小宛八位美女，八位美女的共同特点是都拥有绝世容颜和非凡才艺，并且个个特立独行，个性鲜明。秦淮八艳以她们集才貌于一身的动人气质与名流才士交游唱和，一时间，秦淮河上文士风流，佳丽云集，上演了一幕又一幕浪漫的爱情传奇。再加上明末清初波诡云谲的社会动荡与这些才子佳人的身世跌宕，更是催生了许多经久不衰的文学经典，她们自己则成了这些文学经典中不朽的主人公。其中吴伟业的长诗《圆圆曲》铺陈了陈圆圆和吴三桂的悲欢离合,孔尚任的戏剧《桃花扇》演绎了李香君和侯方域的坎坷爱情,冒襄的《影梅庵忆语》则深情追忆了他与董小宛的生死情缘……而在秦淮八艳中,个性最为独特叛逆,文学成就最为突出,爱情经历也最为坎坷传奇的,当属柳如是,她甚至被推为秦淮八艳之首。然而,"朔风如解意,容易莫摧残"①,世间红颜大抵都要经受比常人更多的磨难,柳如是便是在无数狂风暴雨的摧折下,走完了她顽强却依然不免悲剧的一生。

大约在崇祯十二年秋冬之际(1639),漂泊江湖、孤苦无依的柳如是,在憔悴支离中写下了经典名篇——《金明池·咏寒柳》词,暗喻她对自己身世的无限感慨。这首词被国学大师陈寅恪高度评价为明末最佳词作,"当日胜流均不敢与抗手"(《柳如是别传》),多少名士才子都不得不在她的文才前甘拜下风。这首被认为代表着柳如是甚至是明代末年最高水准的《金明池》,真的具有如此不凡的艺术价值吗?且看原作:

有怅寒潮,无情残照,正是萧萧南浦。更吹起,霜条孤影,还记得,旧时飞絮。况晚来,烟浪斜阳,见行客,特地瘦腰

---

① 唐崔道融《梅花》。

如舞。总一种凄凉,十分憔悴,尚有燕台佳句。 春日酿成秋日雨。念畴昔风流,暗伤如许。纵饶有,绕堤画舸,冷落尽,水云犹故。忆从前,一点东风,几隔着重帘,眉儿愁苦。待约个梅魂,黄昏月淡,与伊深怜低语。

这首词题为"咏寒柳"。柳原本就是古典诗词中特别常见的一个意象,在传统文化中它至少蕴含着三层象征的含义:第一层含义,柳谐音"留",有挽留的意思,因此柳树象征着离别的依依不舍,古人还有折柳送别的习俗;第二层含义,柳树柔软的形态很像女性的窈窕身姿,因此常用来比喻女性的姿态柔美纤弱,也由此引申出女性的情感缠绵悱恻;第三层含义,柳絮随风飘散的特点又常常用来象征身不由己的飘零身世;柳树生长在路边,柳枝常被行人随意攀折、不能主宰自己的命运,这一点与女性的命运尤其相似,因此柳亦被视为是女性身世飘零的象征。

这首《金明池》不仅仅包含了柳的这三层传统含义,还被赋予了柳如是更为独特的经历与情感。

柳如是出生在明代万历四十六年(1618),如果这首《金明池·咏寒柳》是写于崇祯十二年秋冬之际,那么此时的柳如是22岁。22岁,在我们看来,正是风华正茂的妙龄,可是柳如是为何会在词中感慨自己的身世就像寒风中的孤柳,"总一种凄凉,十分憔悴"呢？在她记忆中的"萧萧南浦"，又隐藏着怎样不堪回首的爱情悲剧呢？

要回答这个问题，我们还得稍微回顾一下柳如是坎坷的人生经历。

柳如是本来并不姓柳，她很有可能出身书香门第，大约在她四五岁的时候，家庭横遭变故，幼年的她被拐卖到吴江（今苏州）盛泽镇一家妓院，从此沦落风尘，改姓为杨[①]，后来成为盛泽归家院名妓徐佛的婢女，又曾几度改名，最终改名为柳是，字如是。徐佛精通琴棋书画，与当时的名士交流频繁，在浓厚的文艺氛围熏染下，年纪渐长的柳如是不仅容貌远胜徐佛，琴棋诗画更是一点即通，且能言善辩，机警敏慧，气度从容优雅。

十四岁那年，柳如是被周道登看中买回，成了周府老夫人的侍婢，因为她勤奋温顺又善解人意，周老夫人对她十分喜爱，连儿子周道登也越来越对她另眼相看，并从母亲那里索要来纳为侍妾。在周道登的所有侍妾中，柳如是年纪最小，却最漂亮也最聪明。周道登对她的宠爱远超过其他妻妾，他经常带着柳如是，把她抱在腿上，教她读书、写字、赋诗。周道登是状元出身，学识

[①] 柳如是曾名杨爱，又名杨朝，字朝云，又曾字影怜，可能最初亦曾用"云娟"为名，号"美人"；又曾名隐雯，后改名柳隐，字蘼芜，再更名柳是，字如是，号我闻居士，因柳姓郡望为河东，故钱谦益称其为"河东君"。（据陈寅恪《柳如是别传》）

渊博，在他的亲自指点下，柳如是的才情突飞猛进。可是，木秀于林风必摧之，周道登的宠爱最终害了柳如是，她成了众妻妾共同妒恨的敌人。于是群妾污蔑柳如是与仆人私通，逼着周道登杀掉柳如是以正家风。幸亏周老夫人深知柳如是的为人，在关键时刻站出来救了她一命，只是将她逐出周府，再次卖入妓院。才十四岁的柳如是，已经饱尝人间辛酸，"总一种凄凉，十分憔悴"，她的人生正如在风中凌乱的柳絮，无依无靠，不知道会被吹向何方。

柳如是的经历似乎又一次在印证所谓自古红颜多薄命的"定律"。按常理推测，一而再再而三被命运摧残的弱女子也许注定将要在风尘中沉沦堕落。然而柳如是却出乎所有人的意料——别人以为必须掩盖的不堪过往，她却毫不隐讳，甚至反其道而行之，因为周道登曾在崇祯年间入阁为相，柳如是居然就以"相府下堂妾"的身份高自标榜，表明自己不同于一般的庸脂俗粉；她还备下一艘画舫，独自在江浙一带漂泊，以相对自由的身份，把自己和妓院里靠忍受屈辱来换取生计的一般女子区别开来："扁舟一叶，放浪山湖间，与高才名辈相游处。"① 她那无与伦比的美丽，迥异常人的才华，追求独立自由的叛逆个性，使得她很快就从佳丽如

---

① 钱肇鳌《质直谈耳》。

云的江湖中脱颖而出，许多名士慕名而来，千金散尽只求能见上她一面。

更令人惊讶的是，柳如是并不愿意仅仅以美貌去吸引男性，而是经常褪下红妆，穿上儒士的服装，打扮成读书人的样子，与江南才子们吟诗唱和，和他们"兄弟"相称。美貌才女并不止柳如是一个，能够与名士们诗词唱和的才女也不止柳如是一个，但她的才情并不仅仅停留在以诗词歌赋来取悦男人，她还常常和他们一起纵论天下时事，忧国忧民，"格调高绝，词翰倾一时"。①

柳如是生活的年代，正是明代末年。她出生于万历四十六年（1618），离明朝最后一个皇帝崇祯皇帝自杀的1644年，仅仅剩下26年。日薄西山的大明王朝在清军的虎视眈眈之下几乎已经毫无抵抗之力，士大夫对国家和民族的忧患意识常常在言谈中不可遏制地倾泻出来。长期濡染在这样的文化氛围中，柳如是不再只是一个风花雪月的女诗人，更是培养了浓烈的民族情感。她的博学与才情，她那洒脱大方的气度，她那不同于一般女子的民族胸襟，赢得了文士们的爱慕与尊重，他们与她的交往并不限于狭隘的男女之情，更多了一份亦师亦友的珍贵情谊。

命运让柳如是不幸沦落风尘，但她不是一个甘心被命运摆布

---

① 顾苓《河东君小传》。

的柔弱女子。她原本就天赋敏慧,有过目不忘的本领,与名士们的交往又让她的才学不断进益,"知书善诗律,分题步韵,顷刻立就,使事谐对,老宿不如。四方名士,无不接席唱酬"①。如是精通书史,在与文人士大夫分题步韵的诗词唱和中,往往不假思索,一挥而就,无论是用典,还是对仗都十分工稳,连那些元老前辈都比不上她,因此她的才名远扬,四方名士无不慕名与她交游唱和,以此为荣。

然而,对柳如是而言,她与江南名士的酬唱交流,绝不仅仅只是为了展示自己的才情和特立独行的生活态度,她还有更为重要的目的——她要对自己的一生负责。命运让她像柳絮般无依无靠,随风漂泊,可是她偏偏不服命运的裁决,偏偏要对抗命运的残酷,她要做自己命运的主宰者。

对于一介弱女子而言,主宰命运首要的途径就是主宰自己的爱情和婚姻。如是不甘沦落风尘,她要自主择婿,自由选择她可以相知相爱、相伴一生的夫婿。

然而,自主择婿,对于良家女子来说尚且是一场遥不可及的梦想,更何况是地位卑贱的妓女呢?作为一代名妓,对柳如是趋之若鹜的男人不可胜数,她也貌似可以从容自由地选择交往对象,

---

① 沈虬《河东君传》。

因此表面看来，柳如是风光无限，然而事实上，她获得爱情的难度远远超过一般女子。这种难度体现在两个方面。

一方面，从柳如是这个角度来看。经历坎坷却又才华盖世的柳如是自视甚高，尽管围绕在她身边千方百计企图千金买她一笑的男人多得数不清，其中也包括无数官二代、富二代，然而这些追求者的财富、权势甚至一厢情愿的痴情都不可能真正打动她的心。她要的爱情不是露水姻缘，而是天长地久的婚姻，她要堂堂正正地作为妻子，在另一个男人的生命中占据唯一重要的位置。而这样的要求，对于一位沦落风尘的女子来说是何等严苛！有两个小故事可以说明柳如是择婿之严苛。

有一个姓徐的富家子弟听说柳如是到了佘山（今上海市松江区），赶紧带了三十金买通鸨母，只求能够见柳如是一面。在鸨母的央求下，柳如是只好同意了。姓徐的土豪一见如是，即惊为天人，还自鸣得意说了句开场白："久慕芳姿，幸得一见。"柳如是一听这家伙这么做作矫情，忍不住扑哧一笑。

徐土豪压根儿没察觉出柳如是这一笑里面包含的嘲讽之意，他又自以为高明地吹捧了一句："一笑倾城。"柳如是听了，再也不想掩饰自己的鄙视，索性放声大笑起来。

愚蠢的徐某人还没明白就里，居然继续卖弄："再笑倾国。"柳如是见这家伙如此上不了台面，连敷衍两句都省了，一句话没说，转身拂袖而去。留下徐土豪在原地目瞪口呆，还不明白自己什么地方惹怒了大美人儿。

从现在的眼光看来，徐土豪这样咬文嚼字来夸奖美女博取好感，似乎算不上多么愚蠢，可是在当年眼高于顶的柳如是看来，徐土豪将汉代李延年《佳人歌》里的句子"一顾倾人城，再顾倾人国"和唐代白居易《长恨歌》里的诗句"回眸一笑百媚生"拼凑在一起，实在是学识肤浅、庸俗之至；再加上他自说自话，根本没有理解柳如是一颦一笑、一举一动之间想要表达的意思，一味自顾自吹捧奉承，完全不得要领。这么一个蠢人别说花三十金，就是三千金，也甭想得到柳如是的青睐。

拒绝徐土豪之后，柳如是质问鸨母："你拿了他多少钱，让我去见这等俗人！"鸨母期期艾艾地说："三十金已经被我花光了，你好歹去应付应付他吧。"柳如是听了，顺手剪下一绺头发，甩给鸨母，说："你把这绺头发拿去给他吧，也抵得过他的三十金了。"从此，愚蠢的徐土豪再也无缘见上如是一面。

第二个小故事，仍然是有关一个姓徐的人。不过这位徐公子不同于那个有钱没文化的土豪，他是明代宰相徐溥的后人，出身名门，人称徐三公子。徐三公子钟情如是已久，然而屡次诚心诚意登门拜访均未能如愿。也许是他的痴情终于让柳如是动了心，她决定考验一下他，于是派人与徐三公子约定了见面的时间：以腊月三十日为相见之期。

腊月三十，也就是除夕。在古代中国的传统习惯中，除夕是一家人必须团聚的日子，是一年之中最重要的家庭节日，可柳如是偏偏选择在这一天要求徐三公子抛开一大家子骨肉亲人，前来和她相会，这不是明摆着给人家出了一个大难题吗？

如是就是这么任性！她原以为这样的刁难会让徐三公子知难而退，可她没有料到，除夕那天，徐三公子居然如期而至，这份情意令她颇为感动。她设下丰盛的酒席款待徐三公子，对他说："我故意和公子相约在除夕见面，原本以为公子肯定来不了。没想到你竟然排除万难来见我，你是一个有情人，我很感动。但是除夕是家人骨肉团聚的日子，而公子反而流连娼家，未免太不近人情了。我不想做一个不明事理的女子，还是请公子回去和家人团聚吧。"于是，她命人提上灯笼送徐三公子回家。她那坚决的态度让徐三公子无法违拗，无可奈何告别而去。

徐三公子虽然出身名门，而且对如是真心实意，无奈他是一介武夫。按如是的话来说，是"不读书，少文气"，而如是自己则与众多名士交游，文采风流，为一时之冠，徐三公子厕身其间，木讷而呆板，显得那么格格不入。经过一段时间的交往之后，如是发现，徐三公子虽然痴情，却绝非她心目中理想的爱人，于是她正言相告："公子没有文才，却有武功天赋，不如投身军旅，在战场上建功立业,也不失为一条成功的道路。"徐三公子深以为然,果然练就一身精湛的骑射技艺,后来牺牲在战场上。

由此看来,柳如是第一次拒绝徐土豪的追求,是因为他不学无术肤浅庸俗;第二次拒绝徐三公子,是因为一介武人无法与她产生心灵上的共鸣。这两个小故事充分说明如是择婿之严苛。

在爱情上,柳如是如此"挑肥拣瘦",不肯将就,并非因为她对自己的才华和美貌拥有足够自信,事实恰恰相反,正是因为她对自己身份的自卑,才不得不努力"武装"起足够的强势来与命运抗争。她不想让人看轻看贱,以为她只是一个卖笑的风尘女子,随随便便就可以用金钱买到她的身体与爱情。身份的极度卑微与精神的极度自尊,形成了强烈的矛盾,让如是在爱情的道路上举步维艰。

另一方面,则是当时的世俗观念与制度,注定如是的择婿过程将万分艰难。

崇祯五年(1632),也就是柳如是十五岁那年,松江三大才子之一宋征舆开始向她发起猛烈的追求。宋征舆出身名门,和柳如是同年,十五岁的宋征舆是明代末年云间派的代表人物之一,他才华横溢,风度翩翩。这样一位翩翩浊世佳公子的追求,第一次真正打动了如是层层包裹着的芳心。

然而,越是爱,越是怕,如是生怕爱情就像水晶,越是美丽却越容易破碎。宋征舆是痴迷于自己的年轻美貌？还是沉溺于年少轻狂的情欲之中？他对自己的爱情经得起现实的磨难吗？如是决定考验一下宋征舆对自己的爱情。

在我们今天看来，十五岁的少女考验爱情的方式也许是幼稚的，可是在当年的如是做起来，却无比较真儿。一天，如是与宋征舆约好，将船停靠在白龙潭相会。宋征舆心情迫切，早早到了约会地点，如是还没起床梳洗呢，听得丫鬟报告宋公子已在岸边求见。如是突然玩心大起，于是半是撒娇半是打趣地传话给宋征舆："宋郎请先不要上船，公子若真是对我有情有义，就请跳到水里等候吧。"当时正是天寒地冻的冬季，对爱情充满狂热向往的宋征舆二话不说就往水中跳，丫鬟赶紧回报如是，她又是好笑又是心疼，当然更多的是感动——宋郎对自己果真情深意切，她连忙唤来船工把宋征舆带上船，将他拥入怀中为他取暖。

幸福在向如是招手。如是似乎尝到了情窦初开的滋味，感受到恋人的呵护带来的温暖。然而，命运对如是远不像她祈祷的那样仁慈。

初恋的时候，我们都还不懂爱情，对年少的如是与宋征舆来说正是如此。沉浸在甜蜜中的一对恋人很快就遭遇了真正严峻的考验——以如是的名气，他们的恋情不可能是地下活动，很快，他们相恋的消息就传到了宋征舆的母亲那儿，太夫人盛怒之下，命令儿子下跪忏悔。宋征舆试图辩解："儿子与她的交往是真心实意的，她也没有贪图儿子的一丁点儿钱财。"太夫人怒道："她要是真贪你的钱财我倒放心了，现在她不要你的钱，她要的是你的命啊！"

太夫人这一句气话倒真是说到了点子上：如是与宋征舆的恋情的确不为贪图钱财，她想要的是两心相许的爱情和名正言顺的婚姻。宋征舆和她同年，尚未婚配，年龄、才貌、情意，都符合她对终身伴侣的理想。可是如是太幼稚、太天真了，她以为两情相悦就是婚姻的基础，她被热情的恋爱冲昏了头脑，一向聪明的她似乎忘了自己的身份将是婚姻的最大障碍。作为名门世族的宋家，怎么可能容许前途无量的少年才俊宋征舆，早早地娶一位风尘女子为正室夫人呢？

宋征舆此时还没有考中功名，也没有任何收入足以在经济上自立门户，在母亲的严厉干涉下，他抵挡不住来自家庭的压力，不得不减少了与如是的相聚。据说宋征舆的父亲还亲自找上柳如是的家门，一见之下，也惊叹她为天下不可多得的尤物，忍不住连连赞叹的同时，更坚定了必须拆散儿子恋情的决心。他对如是说："你这样的绝色佳人我那傻儿子可消受不起，还是求求你放过我儿子吧，求求你赶紧远走高飞，走得越远越好……"几乎是与此同时，宋家为了彻底断绝宋征舆的念想，悄悄拜托了松江府郡守,以驱逐流妓、维护地方风化的名义向柳如是下达了驱逐令,责令她限期离境。

四面楚歌的如是,在此刻唯一能够求助的就是恋人宋征舆,然而,她也深深了解恋人并非那种性格坚强的男人,他能否在这个关键时刻成为自己最坚实的依靠呢? 如是完全没有把握。于是,她预先准备了一张古琴、一口倭刀,然后请来宋征舆商讨对策。一向机敏的柳如是当然清楚,这将是他们的爱情面临最终抉择的时刻:要么宋征舆明媒正娶将她迎进宋家,要么她将无名无分地被驱逐出境,两者必选其一。可是少不更事的宋征舆得知消息后,比她更加惊惶失措,在如是的追问之下,宋征舆吞吞吐吐了半天,只犹犹豫豫说出来一句话:"要不你还是暂且先避避这个风头吧?"

宋征舆的懦弱让如是在绝望之下怒不可遏:"如果是别人对我说这个话,我会觉得很正常,可是此话居然出自宋郎之口,我心如死灰了。宋郎请出,我与君自此绝矣!"说罢,举起倭刀,将古琴一刀两断,七弦俱断。那一刻,弦断与心碎的声音交织在一起,令人肝肠寸断。宋征舆吓得面若死灰,狼狈逃出。

宋征舆也许是柳如是第一个想要嫁的人,也算得上是如是的初恋,然而他们都太年轻,宋征舆能够经受白龙潭寒水浴的爱情考验,却终究经不住家族压力的考验,这一段短暂的爱情就此断绝。

以如是的聪慧，她当然知道，也能够理解宋征舆处境的两难，然而爱之愈深，恨之愈切，对于生性刚烈的如是来说，她无法容忍爱情里有丝毫的勉强。

这一段恋情证明了如是择婿之艰难：以她的身份与经历，想要嫁一个年貌相当、才情相当、对她真心实意的男子，无异于痴心妄想。与宋征舆的恋情夭折，也让心比天高的柳如是意识到了，她的爱情之路远比她预料的要艰难得多。

就在如是心灰意冷，准备黯然离开松江、回到原籍吴江盛泽镇的时候，她生命中出现了另一个重要的男子——陈子龙。陈子龙与如是早就相识，且时常与宋征舆等人一同交流唱和，有许多酬唱的诗词作品，对如是的才貌与个性也早怀倾慕。然而宋征舆与如是相恋在前，因此虽然彼此之间知音相惜，陈子龙与如是之间的交往却更像师生和朋友。就在软弱无能的宋征舆迫于家庭压力选择放弃的时候，陈子龙及时挺身而出，保护了这个弱女子。

陈子龙是云间派首席诗人，也被公认为是明代最后一位一流大诗人，被后人誉为明朝一代词宗。如是的不幸遭遇让他心痛，如是的刚烈坚强也让他心动，他决意好好呵护这位才貌盖世的奇女子。

然而，刚刚经历了一场情殇的柳如是，能否接纳陈子龙的爱情呢？陈子龙已有家室，绝不可能为了一位风尘女子而休弃结发妻子。而当年，如是就是以小妾的身份遭受谗害，被逐出周府，那种屈辱带来的伤痕记忆犹新，一贯心高气傲的如是还能委曲求全吗？

在陈子龙热烈的爱情面前，如是筑起的一道道防线在瓦解。痛定思痛的如是，也比以前更清醒地意识到：要明媒正娶地嫁人成为正室夫人，对她而言，这一辈子恐怕都是幻想了。既然她要的名分不可能得到，那么一份真心真意的爱情也许才是她真正能够拥有和珍惜的吧。抱着这样的心态，如是接受了陈子龙的追求，也迎来了她一生中最为刻骨铭心的一段爱情。

既然不再抱有名分上的希望，抛掉了思想上的包袱，如是这一回反而爱得更率性也爱得更浓烈。陈子龙比如是年长十岁，无论是才学还是个性，均远胜于宋征舆，他的沉稳，他的博学，他的深情，温暖了如是飘零的心。这一回，如是没有像考验徐三公子和宋征舆那样，凭着少女的任性，想出一些"整蛊高招"来对陈子龙实施爱情考验。在爱情道路上屡经打击的如是，已经能够听凭内心的召唤，分辨出真正的爱情。两人的情感很快就如火如荼，彼此之间的诗词唱和也达到了高潮。在子龙的影响下，如是的学识和诗词技艺都在突飞猛进。她对陈子龙，在热烈的情爱之下，更多了几分倾心的仰慕。她甚至模仿曹植的《洛神赋》写了一篇文采飞扬的《男洛神赋》献给子龙——子龙就是她心目中的"男神",是她爱情理想的完美化身,也是她寻觅已久的红尘知己。

在缠绵的爱恋中,如是与陈子龙也经历过短暂的离别。崇祯六年(1633)秋天,子龙进京参加会试,如是以《送别》五律二首相赠,子龙以《录别》四首回应着恋人的深情。第二年春天,子龙返回故乡。此次会试落第,子龙的心情颇为低落,可如是丝毫不在乎恋人是否功成名就,是否衣锦还乡,她依旧以火热的爱恋,以灵动的才情抚慰着失意的恋人。渐渐地,子龙也从落第的阴影中走出来,他们一度借居在松江南园,享受着共同品茗赏花、吟诗畅饮的幸福时光。陈子龙曾写过《寒食》七绝三首含蓄地抒发他们在一起的快乐,其中一首云:"今年春早试罗衣。二月未尽桃花飞。应有江南寒食路,美人芳草一行归。""美人"并非泛指漂亮的女孩,而是特指如是。因为如是曾有过一个名字叫"云娟",用李白"美人如花隔云端"和杜甫"美人娟娟隔秋水"句意,"美人"就成为如是的别号。乍暖还寒的早春,脱下笨重的冬衣,换上轻薄的春装,携心爱的"美人"漫步江南小道,陌上花开,缓缓归来,这是何等安宁、美好的场景!

"美人芳草一行归",爱情让他们忘怀了世事,他们的世界里,唯有彼此。

然而,爱情可以让他们忘怀世事,世事却无法忘怀这一对恋人。

柳如是是江南名妓之首，陈子龙是词坛领袖，他们的一举一动皆牵动世人耳目，这对举世瞩目的才子佳人注定无法隐身。况且，他们的爱情还面临着最大的障碍，这是陈子龙和如是都心知肚明却一直在刻意回避的障碍——陈子龙早有家室，且其夫人张氏出自名门，性格十分泼辣能干，自嫁入陈家之后深得长辈信任，很快就成为一家之主，掌管了陈府的所有产业，在陈家有说一不二的地位。此时子龙虽与如是在南园共同生活，但对家人，他却只能借口是在南园闭关著述。

张夫人出身世家，观念正统，子龙亦深知他与如是的恋情绝不可能得到夫人的首肯。的确，对张夫人而言，她有足够的理由拒绝如是。从主观的观念来看：丈夫不是不可以纳妾，她甚至可以张罗着为丈夫寻找合适的侍妾人选，但她有自己决不可突破的原则底线：能进入陈家的女子必须是良家女子。柳如是这样的风尘女子？绝无可能！

从客观的条件来看，陈家人口众多，经济却并不十分宽裕，掌管一应经济大权的张夫人不可能允许陈子龙置"外室"金屋藏娇。甚至陈子龙首次会试遭遇挫折，陈家人很有可能也怪罪到如是头上：如果不是子龙沉溺于情爱之中，以他的才学怎么可能在会试中铩羽而归呢？

基于主观与客观的种种因素，如是与子龙在松江南园的宁静时光很快就结束了。崇祯八年（1635）夏，张氏夫人挟陈子龙的祖母和继母，盛气凌人地"杀"到南园，逼迫如是离开子龙。

如是深爱子龙，却无法忍受人格的侮辱。在真爱和尊严两者之间，如是不可能放弃任何一端。她的身份越卑贱，自尊就越强烈。这一回，如是主动选择离开。

子龙不知该如何留住如是，如是是他一生唯一的挚爱，可他终究无法对抗家族的压力，他只能放手，还如是自由独立之身。如是离开之际，子龙陪着她，从松江一直护送她到嘉善，纵然心里有再多的依依不舍，也只能目送她的船影渐渐消失在天际。

此后如是与子龙虽然不再是恋人，但他们之间的诗词唱和仍然绵绵不绝，21岁时如是的诗集《戊寅草》刊刻成功，子龙还亲自为她撰写序言。不久之后，子龙以全部的精力投身于抗清的斗争之中，两人的联系渐渐减少。后来子龙因反清复明被捕，投水殉国，年仅三十九岁。

陈子龙不仅以诗人身份，更以民族英雄的身份名垂青史，他那不屈的民族气节也深深影响到了如是的价值观，甚至如是关心军国大事，忧国忧民，完全不像闺房中的小女子那般眼界狭隘，很大程度上也与陈子龙的影响有关。

崇祯八年（1635），柳如是结束了与子龙共同生活的美好岁月，这段爱情最终令她黯然神伤直至心力交瘁。她原本以为这段爱情就是她寻寻觅觅了一生的最后归宿，然而，在强悍的世俗伦理面前，浪漫的爱情一败涂地，她不得不再度开始流浪。此后的几年，她关上心门，依靠对子龙的怀念来支撑孤独的岁月，甚至改杨姓为柳姓，寓意自己的命运就如同路旁的柳枝，柔弱无依，任人攀折。《金明池·咏寒柳》一词就是在这几年漂泊中写下的身世感怀。

"有怅寒潮，无情残照，正是萧萧南浦。"在寒冷的季节，连潮水仿佛都裹挟着无尽的惆怅和怨恨，清冷的斜阳涂抹出一片惨淡的景色；"正是萧萧南浦"，南浦是送别的地方，江淹的《别赋》曾说："送君南浦，伤如之何？"而这里的"南浦"，正是代指她与子龙仳离的地方。离别本来就令人伤感，更何况寒风吹过，落叶萧萧而下，渲染出椎心泣血的离别伤痛。"更吹起，霜条孤影，还记得，旧时飞絮。"经霜的柳枝在瑟瑟寒风中显得分外单薄，在如此落寞失意的晚景中，它可还记得温暖的春光里也曾有过柳絮漫天飞扬的惊人美丽？可是，春光逝去，那些随风漂泊的柳絮如今散落何方了呢？这几句表面上是咏柳絮，其实也是如是在感伤她被子龙的夫人张孺人驱逐，就好似柳絮被凶猛的东风吹散，从此只能零落他方。"况晚来，烟浪斜阳，见行客，特地瘦腰如舞。"柳絮散尽，早已踪迹难寻，只剩下柳条随风飘拂，那种柔弱姿态，在过往的行人眼里，就仿佛是翩然起舞的少女，格外孱弱纤瘦的

"腰肢",在缠绵的舞姿中竟然别有一番楚楚可怜的韵致。"总一种凄凉,十分憔悴,尚有燕台佳句。"晚唐诗人李商隐曾写过《柳枝五首》与《燕台四首》,据说李商隐曾经与一位歌女暗中相恋,后来歌女被人夺去,李商隐在黯然神伤中作诗表达怀念,也曾用柳这个意象来象征女子被命运摆布的无奈与哀怨。柳如是的身份也是一名歌女,"燕台佳句"便是借前人咏柳寄托爱情悲剧的典故,来比拟自己漂泊无依的命运。

"春日酿成秋日雨。念畴昔风流,暗伤如许。"当年她和子龙共度的美好春光只能残存于记忆之中,他们创作的那些春闺风雨的美好情词,原来只不过是眼前连绵秋雨的预兆,是她无尽的思念酿成的伤痛。想当年她与子龙诗酒唱和的日子是那么风流浪漫,如今,却只剩下暗自神伤。"纵饶有,绕堤画舸,冷落尽,水云犹故。""绕堤画舸"化用了汤显祖《紫钗记》中"河桥路,见了些无情画舸,有恨香车"的句意,纵然在她身边仍然有无数文人雅士、富豪子弟来来往往,她却心如止水,她的记忆仍然停留在与陈子龙的绵绵情意之中。

"忆从前,一点东风,几隔着重帘,眉儿愁苦。"此处的"东风"并非指温暖的春风,而是暗喻吹散她和陈子龙爱情的那种家族势力,"几隔着重帘",拦在她和子龙之间的重重帘幕,难道不是以张孺人为代表的爱情障碍吗?从张孺人的角度而言,阻止这段不被世俗所容的恋情似乎无可厚非；可是从如是和子龙的角度而言，爱情从此山重水隔，却是一生都无法弥补的遗恨。"待约个梅魂，黄昏月淡，与伊深怜低语。"梅魂化用了苏轼《复出东门诗》中的句子："长与东风约今日，暗香先返玉梅魂。"梅的孤独和高洁，往往被文人引用来表明自己的人生态度。与陈子龙被迫分离后，无数个寂静凄冷的黄昏，真正能体会如是形单影只、人生飘零的，大约只有篱边那几枝静静开放的梅花了。那幽幽的暗香萦绕衣袂之间，仿佛是在陪伴着如是每一个寂寞的黄昏，与她絮絮低语，与她同病相怜……

这首《金明池·咏寒柳》大约作于崇祯十二三年间，柳如是才二十二岁，可是她在词中已经流露出隐隐的美人迟暮的伤感。对当代人而言，二十二岁还是含苞待放的年纪，可在古代女子看来，超过二十岁还没有婚配已经是令人忧虑的"剩女"了，何况对如是而言，她的爱情之路比起一般的女子来，将注定更为坎坷。

崇祯十二年（1639）春，如是还写过一组《西湖》绝句，其中一首这样写道："垂杨小院绣帘东，莺阁残枝未思逢。最是西冷寒食路，桃花得气美人中。"这首诗明显是呼应子龙五年前所作的《寒食》诗："今年春早试罗衣。二月未尽桃花飞。应有江南寒食路，美人芳草一行归。"五年过去了，子龙的文字仍然铭刻在如是的内心深处。

那是一段刻骨铭心的爱情。与陈子龙的被迫仳离,让柳如是更深切地意识到,要为自己寻觅到一位能够彼此相爱、彼此尊重、相扶偕老的爱人是多么艰难。

以如是的名声,想要接近她、一亲芳泽的名士不可胜数,可是能够经过如是严苛的爱情考验的人却寥寥无几;唯一无须经过她的爱情考验,却令她倾心相许的陈子龙,最终又未能敌得过强大的家族势力。从她严苛与艰难的择婿经历中,我们可以发现,如是对爱情和婚姻的理想至少有三点要求:第一,情感上倾心相爱;第二,人格上彼此尊重;第三,才学上足以与之匹敌。

这三点原则,令如是的爱情追求在世俗的夹缝中举步维艰。无论她有多少追求者,无论他们的追求多么狂热,如是都不可能降低自己的要求。当她心中有足够清晰的理想的时候,任何达不到理想的追求者都变成了将就,而自尊、自爱的如是不愿意将就。

那么,如是这株在寒冬中"总一种凄凉,十分憔悴"的"寒柳",能否遇到她一直在等待着的那缕"梅魂",能够在凄冷的黄昏中与她"深怜低语"呢?

几年之后,如是在一个偶然的机会读到了当世名儒学士钱谦益的作品。钱谦益是万历年间的探花,官至礼部右侍郎,主盟文坛已数十年。他宏通的学识让如是一见其作品即大为惊叹——这么多年漂泊江湖,什么样的文人才子她没有见过?然而钱谦益仅凭他的作品就征服了心比天高的如是，特立独行的如是甚至连他的面都没见到，就放言宣称："此生非才学如钱学士者不嫁！"

如是的"爱情宣言"很快就传到了钱谦益耳中，她择偶的严苛标准早已在江湖中传得沸沸扬扬，多少人企图得到如是的青睐却都灰溜溜地碰了一鼻子灰。钱谦益没有料到向来眼高于顶的一代名媛柳如是，竟然如此高调地赞美自己。他大喜过望，立即高调"隔空"回应："难道天下真有这样慧眼识才、怜才惜才的女子吗？我今生非柳是这样的诗人才女不娶。"他在读到如是的《西湖》绝句后，对"桃花得气美人中"的句子激赏不已，也引用这句诗大夸如是的才华："今日西湖夸柳隐，桃花得气美人中。……杨柳长条人绰约，桃花得气句玲珑。"（《西湖杂感》其八）钱谦益的意思是，西湖沿岸的人都在争相夸赞柳如是，她的名句"桃花得气美人中"真是玲珑剔透，优美至极啊。

一向不喜欢填词也不擅长填词的钱谦益，甚至在读到如是的《金明池·咏寒柳》一词后，不仅叹赏不已，而且在崇祯十三年秋天忽然破例一连填了四首《永遇乐》词，与如是遥相呼应。这样看来，这首《金明池·咏寒柳》本来只是如是对个人身世的哀伤感怀，却无心插柳柳成荫，成了她和钱谦益的"媒人"，搭起了他们相会的桥梁。

钱谦益真的能成为与柳如是"深怜低语"的那位终身伴侣吗？

答案必须由如是自己来揭开。

于是，如是做出了一个极其大胆的决定——一个除她之外，任何其他女子都不可能实施的决定，也是清高孤傲的她此前从来没有做过的举动——她决定主动拜访钱谦益。

崇祯十三年（1640）十一月，正是初冬季节，在瑟瑟寒风中，一叶扁舟悄悄飘临常熟虞山的半野堂。半野堂的主人钱谦益这天忽然收到门童递进来的一张名片，他匆匆一瞥即大惊失色——难道果然是她？

他三步并作两步冲到门口。门外果然站着一位书生模样的年轻人，身材不高且清瘦苗条，头上戴着读书人标志性的头巾，从额头前一直包裹住所有的头发，神态从容，笑容散淡，仿佛是超凡脱俗的世外高人，清澈的眼神安静地注视着飞奔而出的钱谦益。

年轻人全身上下打扮一派儒士模样，可是仔细打量却会发现，长袍下面隐约露出的却是一双小巧的鞋子——这是只有缠过足的女子才能穿的弓鞋。钱谦益内心的狂喜无法遏制——是的，眼前虽然一副男人打扮，却仍然掩饰不住清丽动人的"儒生"，正是他神交已久的红颜知己柳如是。

这一年，钱谦益五十九岁，作为阅历丰富的"老人"，作为文坛巨儒又曾是朝廷显贵，他一生经历过多少传奇，可是此刻天降才女，钱谦益情不自禁"老夫聊发少年狂"。在半野堂的书斋中，他们彻夜长谈,如是敏捷的才思,洒脱的个性,宽广的胸怀,让钱谦益心折不已,如是坎坷不幸的命运也让他心疼不已。天下佳丽无数,为什么上天独独厚爱如是,将所有女性的优点都集于她一身?为什么上天又独独苛待于她,让她频频遭受命运的践踏与折磨?

那一夜,钱谦益下定决心:他要用自己后半辈子的时间,好好呵护眼前这位女子,他的一生,将为这个女子而改变!

通宵畅谈之后,两颗心紧紧地靠在了一起。但如是并未就此留在半野堂,而是回到了自己的船上——这也是如是独有的自尊。她是自由之身,当然可以自由地留宿半野堂。但她不愿意如此自轻自贱,她可以以文友的身份主动拜访慕名已久的一代大儒,却绝不能是一个主动投怀送抱的风尘女子。

她等待着钱谦益做出他一生中最重要的决定。

十天之后,仅仅十天的时间!钱谦益专为如是修筑了"我闻室"——因为柳如是号我闻居士,取佛经"如是我闻"之意。十二月初二,钱谦益从舟中迎如是入住我闻室。从这一天起,如是漂泊如柳絮的生涯终于有了停泊的港湾,她一直把这一天视为她和钱谦益的定情之日,是他们的"洞房花烛夜"。钱谦益还专门赋诗《寒夕文䜩,再叠前韵。是日我闻室落成,延河东君居之》,其中有两句是这样写的:"今夕梅魂共谁语,任他疏影蘸寒流。"这是有意呼应如是《金明池·咏寒柳》一词："待约个梅魂，黄昏月淡，与伊深怜低语。"他以"梅魂"自许，希望能够从此陪伴如是的每一个黄昏，每一个夜晚，"与伊深怜低语"。后来如是奉和钱谦益的诗中也有"兰气梅魂暗着人"《奉和黄山汤池留题遥寄之作》的句子，在她心中，已经承认钱谦益就是她苦苦等待的"梅魂"，是真正能够懂得她、怜惜她、呵护她的另一半。

第二年，也就是崇祯十四年六月初七，钱谦益以迎娶嫡妻的盛大仪式与如是举行大婚，一应仪礼齐备，还专为此赋《催妆诗》八首，向世人郑重宣告他们的婚姻。他们在茸城的婚礼成为举世瞩目的焦点：钱谦益出自江南世族，而且早已娶妻，如今却以正室夫人婚配的礼仪迎娶一名娼家女子，实在是有失士大夫之体统，有损朝廷大臣的威仪，也违背了当世社会认同的风俗！当年宋征舆、陈子龙不敢冒世间之大不韪做的事情，钱谦益却如此大张旗鼓，毫无顾忌，既是他洒脱不羁的个性使然，更是对如是深厚的爱情表现——爱她，就请尊重她。

钱谦益的大胆之举一时间引起物议沸腾，不仅口诛笔伐者众，更有甚者还试图拳脚相向，教训这个"为老不尊"的钱老夫子。婚礼进行过程中，他们的游船被愤怒的人群扔满了垃圾瓦砾，可钱谦益始终面不改色，怡然自得。

如是没有看错人，钱谦益不仅是那个懂她爱她的人，更是有足够力量保护她、尊重她的人。

婚后，钱谦益送了如是一个名号"河东君"，因为柳姓的郡望在河东，如是虽然本来并不姓柳，但钱谦益为了表示对她的尊重，以柳氏郡望来称呼如是，连钱氏家人也以"柳夫人"尊称如是，实在是深深理解和温暖了如是那颗自卑与自尊并存的心。一直到二十五年后，如是在临终之前给她女儿留的遗言中还特意说道："我来你家二十五年，从来不曾受过别人的气！"

"不受气"，对一般的女子而言可能并非多么了不起的奢求，可对出身卑贱的如是而言，二十多年的婚姻，钱谦益始终细心维护着她的尊严，不曾让自己的家族、不曾让世俗狠毒的眼光伤害到他挚爱的人。就凭这一点，他赢得了如是一生的感恩。

二十四岁的柳如是，在走向婚姻的道路上曾经屡遭世俗眼光践踏，此刻她的心里只有满满的感动和幸福——她寻寻觅觅了一辈子，终于找到了能够懂得她、珍爱她、给予她最高尊重的男人！从此她将不再是独自飘零的柳絮，终于有一个男人，可以给她依靠，和她一起对抗命运的强悍。

婚后，钱谦益又紧锣密鼓专为如是修建绛云楼——此前十日修成的"我闻室"毕竟太过仓促，也十分逼仄。而新修的绛云楼宏伟壮丽，为了修筑绛云楼，他甚至忍痛割爱出让了珍藏已久的传世孤本——宋刻本《汉书》，以贴补建楼的巨额费用。绛云楼建成后,钱谦益将一生的藏书悉数移至绛云楼,藏书冠于江南。从此之后,大多数时间,他与如是在楼中读书评论、诗酒唱和、秉烛夜谈,将世俗的烦恼统统挡在了绛云楼之外。他曾经发自肺腑地感慨:"老大聊为秉烛游,青春浑似在红楼。买回世上千金笑,送尽生年百岁忧。"(《病榻消寒杂咏四十六首》之《追忆庚辰冬半野堂文燕旧事》)钱谦益在前所未有的甜蜜爱情中如痴如醉,年届六十的人,浑若青春少年,放言只要有"千金一笑"相伴,百岁忧思尽可抛在脑后了。此生的他,只有爱情,只要爱情!

都说相爱容易,相处太难,六十岁的钱谦益与二十四岁的柳如是,冲破世俗的重重阻碍,毅然结合在一起,当最初的激情渐渐趋于平淡之后,这对老夫少妻的婚姻还能一如当初那般浪漫吗?请让我们将镜头对准他们与众不同的婚姻生活。

第一个小镜头:闺房谐趣。

钱谦益年老,皮肤黑,长得很"困难";如是却是绝代佳人,青春如花,两人的年龄容貌都形成了强烈的反差。有一次,夫妻俩闲来无事,如是撒娇地问丈夫:"你到底爱我什么?"这是恋爱中的女子最喜欢问的问题。钱谦益偏不按常理出牌,他调皮地回答:"我爱你乌黑的头发雪白的皮肤。"紧接着反问一句:"那你爱我什么?"如是毫不示弱,应声笑答:"我爱你雪白的头发乌黑的皮肤。"① 钱谦益闻之大笑，连一旁的侍女也忍俊不禁。如是的敏捷与幽默让钱谦益佩服得五体投地。夫妻之间不时地调侃斗嘴让生活充满情趣。

第二个小镜头：交友乐趣。

柳如是生性豪爽自在，不喜受拘束，钱谦益虽然深爱如是，却并不搬出那些教条框框来约束如是，而是充分尊重如是的个性与喜好。例如钱谦益不善饮酒，如是却不仅海量，还善于酿酒。每当有好朋友到访，钱谦益会请出夫人入席侑酒，如是则一袭儒生的服装，飘巾大袖，落落大方，席间与宾客赋诗填词，海阔天空，畅谈文史和天下大事，尽欢而散。平时慕名上门向钱谦益求教的人络绎不绝，有时候访客太多，钱谦益深感疲惫懒得见客，就让如是代为应酬。如是的博学与辩才常常让访客倾倒不已，碰到投缘的客人，如是还会带着随身女仆进行礼节性回访，酬唱往来，钱谦益不但没有丝毫芥蒂，还引以为荣，戏称妻子为"柳儒士"。

第三个小镜头：书房学趣。

钱谦益是博学巨儒，柳如是也是才华横溢，且博闻强记，无论是读书写诗都不逊色于丈夫。有一次，钱谦益的门生写了一封信向他求教，信中罗列了古书当中数十条非常生僻的典故，恳请

---

① 顾公燮《消夏闲记》"柳如是"条："宗伯尝戏谓柳君曰：'我爱你乌个头发白个肉。'君曰：'我爱你白个头发乌个肉。'当时传以为笑。"

老师为他一一解释。钱谦益很耐心地回信逐一答复，并且还不断给出自己的观点，详加解析。其中有"惜惜盐"三个字的出处，他一时想不起来，正沉思间，在一旁陪伴的如是笑着说："太史公肚子里藏的书原来也有不够用的时候啊！'惜惜盐'出自古乐府啊。惜惜盐是歌行体的一种，这个'盐'字应该读成'行'字才对，有可能是以讹传讹弄错了。"妻子这么一点拨，钱谦益恍然大悟："看来我真是老糊涂了，如果我还是你这个年纪，哪里用得着你来提醒我啊！"①

看来钱谦益还是不好意思承认如是的才学比自己还厉害，只好以年老健忘来为自己解嘲。

钱谦益晚年沉浸于学术事业之中，一应书籍查找考辨之事，他都习惯于让如是从旁协助。有时需要找到某本古籍材料，如是就上楼去翻阅，虽然楼中藏书汗牛充栋，如是却总是能精准地取出需要的书籍，翻到某页某卷，几乎是百无一失。丈夫偶尔用典失误，如是在一旁随即就能帮他纠正。丈夫每次写了得意的诗文，

---

① 《牧斋遗事》："一门生具腆仪，走干仆，自远省奉缄于牧翁，内列古书中僻事数十条，恳师剖晰。牧翁逐条裁答，复出己见，详加论定。中有'惜惜盐'三字，其出处尚待凝思。柳姬如是从旁笑曰：'太史公腹中书乃告窘耶？ 是出古乐府。惜惜盐乃歌行体之一耳。盐宜读行，想俗音沿讹也。'牧翁亦笑曰：'余老健忘。若子之年，何待起予？'"陈寅恪认为"两人之间皆有隐情，不便明言"，是因为钱谦益对曾经的"情敌"有所隐讳。详见《柳如是别传》。

总是第一时间请柳夫人鉴赏品评，如是的点评总是深得丈夫心意。至于两人的诗词唱和更是家常便饭，每每丈夫的诗刚刚完成，片刻工夫之后，妻子的和诗已经写好；或者妻子有了新诗，丈夫也必与她唱和。不过在诗词方面，丈夫似乎还不是妻子的对手：如是才思敏捷，下笔如有神；而钱谦益有时看到妻子的原作后，要"经营惨淡"，冥思苦想半天才能写出唱和之作，最后拿出来和妻子的一比较，也就勉强能够做到不相上下。当然，钱谦益诗文的遒劲苍峻是如是很难达到的境界，而如是诗词的清秀婉约又是钱谦益自叹不如的风格。两人一次又一次的较量比拼，最终大约也只是旗鼓相当，平分秋色了。

钱谦益叹服于如是的聪慧博学，他对如是的喜爱不仅没有随着岁月流逝而有所减少，反而对她越来越珍惜爱护。他们的婚姻常常被比作前代两对著名夫妻：一是汉代的司马相如和卓文君。卓文君大胆追求自由恋爱，主动投奔相如，并与相如白头偕老，而柳如是的敢作敢当、敢爱敢恨丝毫不逊色于卓文君；二是宋代的赵明诚与李清照。在钱谦益眼里，如是的才情、个性、学识比起李清照来还更胜一筹。而如是与他相从于患难的深爱真情，比起李清照来更是毫无愧色。

饱尝命运艰辛的如是，在24岁嫁与钱谦益为妻之后，她一生的爱情追求：倾心相爱、彼此尊重、才堪匹敌，终于都一一得到了满足。虽然她的真实身份只是钱谦益的侧室，但钱谦益始终将她视为真正意义上的妻子，相伴一生，不仅从形式上让如是享受到正室夫人才能享受到的尊重，更从内心的情感深处让如是体会到了爱情的温暖。二十多年的婚姻生活，除了偶尔极短暂的离别，他们几乎可以说得上是形影不离：一同出游，一同会友，一同博览群书吟诗作对，甚至钱谦益外出当官，如是也随行赴任。如是体弱多病，有时一病两三年，是因为有了丈夫的悉心照料，才好几次把她从死亡的边缘拉了回来。为了感谢医生妙手回春，钱谦益曾经不惜以价值连城的玉杯作为答谢之礼，后来玉杯还成了医生的传家之宝……

二十五年的婚姻，钱谦益与柳如是琴瑟相和，一心一意营造着只属于他们的完美爱情。但所有的婚姻都不可能是尽善尽美的，彼此深爱如钱、柳，他们的婚姻也曾遭遇波折。

公元1644年四月，清兵入关攻占北京。五月，清兵逼近南京，蜷缩此地的南明弘光小朝廷根本无力抵抗。一向胸怀民族大义的如是在兵临城下的时候，力劝丈夫和自己一起投水殉国。在如是看来，丈夫作为明朝子民，又是南明朝廷的礼部尚书，理应舍生取义，可钱谦益犹豫再三，终于没有听从如是的劝告。如是奋然投水，想以自己的决绝带动丈夫，却又被家人死死抱住。

不能以身殉国，这大概是二十五年婚姻生活中，钱谦益唯一令如是耿耿于怀的一件事情，丈夫怯懦退缩的那一刻，也许她的心里也曾掠过一丝失望。直到后来某一天，如是与丈夫出游，看到石涧中浅浅的泉水清澈可爱，钱谦益想用泉水洗洗脚，可是小心翼翼试探了半天，最终也没敢下水——大概他真的是生性怕水吧。如是在一旁调侃他道："这不过是一条小沟小渠的水，又不是秦淮河，有什么好怕的呢？"钱谦益听了妻子的嘲讽，惭愧得半天无言以对。

南京倾覆，钱谦益投降了清朝，这也成为他一生名节中最大的一个污点。不久，钱谦益随一众投降的大臣北迁，其他官员的妻子都随夫同行，独如是坚持不肯北上，就凭这一点，她的民族气节不知要让多少须眉汗颜！

不过，钱谦益并非一个完全没有骨气的人。在如是的影响之下，钱谦益在清朝入仕仅仅五个月后就称病辞职归隐。此后，他和如是一起投身于反清复明运动，频繁奔走于江南一带，晚年的作品也蕴含着浓厚的遗民忧思。如是更是将多年积累的珠宝首饰尽数捐出，资助南方起义军的民族复兴活动，而且冒着生命危险，偷偷当起了起义军的情报员和联络员。夫妻俩常常假装游宴聚饮，笙歌艳舞，吟诗唱和，实际上是为了掩护他们"地下工作者"的身份，暗中策应郑成功等人领导的反清复明斗争。

顺治四年(1647)，钱谦益因被人告发参与反清复明运动，触怒清廷，被捕入狱，造反是死罪，何况这是刚入主北京的清朝最忌讳、最严酷打击的"罪行"！三十岁的如是正处于病重之中，可是丈夫罹难，命在旦夕，她奋不顾身强撑着病体，冒死护送丈夫，甚至大胆上书，为丈夫辩白，发誓愿意代夫受死，否则她将以身殉夫。虽是为丈夫求情，语气却是壮怀激烈，毫无哀哀乞怜之意。① 钱谦益原本几近绝望，甚至写下了绝笔诗，在狱中默默念诵之时忍不住痛哭流涕。可如是为他奔走的消息传来，妻子的勇敢深深鼓舞了他，这才渐渐振作起来。

在如是的全力营救下，钱谦益被释放生还。他曾感慨万分地赋诗说"徒行赴难有贤妻"(《和东坡西台诗韵六首》其一)，有这样一位不仅能同享富贵，更能相从于患难的妻子，夫复何求？

一位曾经轻歌曼舞美若天仙的绝世佳丽，一位当年与众多名士纵论军国大事的一代名媛，如今俨然已是视死如归的江南"女侠"。曾经富贵悠闲、吟风弄月的宁静岁月，代之以清贫简朴、如履薄冰的危险生活，如是却无怨无悔。钱谦益常常将妻子比作是宋代抗金女英雄梁红玉，她当之无愧。她以实际行动证明：一个

---

① 另有一说钱谦益被捕柳如是营救一事发生在顺治五年。此据陈寅恪《柳如是别传》考证结论。

心中始终有真爱的人,无论是爱她的爱人,还是爱她的民族与国家,她都会竭尽全力,义无反顾,生死不渝!

如是的爱情,不仅经受住了现实生活的考验,更经受住了民族与国家的考验,情至深,义至重,这样的爱情,才是真正意义上最伟大的爱情。

公元1664年,也就是康熙三年五月二十四日,八十三岁高龄的钱谦益病逝。钱氏族人觊觎他的遗产,以为他一走肯定留下家产巨万,又欺负柳如是孤寡弱女子,公然向她逼索财产。其实钱柳夫妻为了复明运动,早已散尽家财,绛云楼的万卷藏书也因为火灾而灰飞烟灭,他们不知道晚年的钱谦益有时甚至要靠卖文为生。然而这些都不重要,最重要的是,如是一向把尊严看得比生命还贵重,如今虽然失去了丈夫的庇护,她也绝不可能容忍任何人侮辱她的人格。如是从来都不怕死:二十八岁那年,南明倾覆,如是力劝丈夫殉国;三十岁那年,丈夫犯罪当死,她发誓要以身相殉。生死尚且不被她放在眼里,区区钱氏家产,又岂能让她忍受如此凌辱?这样一位刚烈的女子,连她的生命也只为爱而生,她的爱不容亵渎,她的美也不容玷污。

六月二十八日,如是毅然以三尺白绫结束了自己的生命,钱谦益的儿子将她与父亲合葬在一起,葬礼与正室夫人同等规格。四十七岁的如是,从此与爱人永远相伴于地下,再也不会受到任何世俗的逼迫与摧残。①

三百多年后,当我重新翻阅如是的一生,我仿佛看到眼前有萤火虫的亮光闪烁,忽然间想起泰戈尔那首《萤火虫》诗:"你完成了你的生存,你点亮了你自己的灯／你所有的都是你自己的,你对谁也不负债蒙恩／你仅仅服从了／你内在的力量／你冲破了黑暗的束缚／你微小,但你并不渺小……"是的,柳如是正像那只小小的萤火虫,尽管微小的力量不一定能改变世界,但她始终遵从内心的呼唤,服从内在的力量,微小而不渺小的生命始终亮着一盏自己的灯,顽强地与黑暗抗争。

当然,也许如是更愿意以"柳"和"梅"来比拟她的一生。她的身世如同柳絮般"总一种凄凉,十分憔悴",出身微贱,坎坷多难,可她的灵魂,却如梅花一般幽贞高洁,"待约个梅魂,黄昏月淡,与伊深怜低语。"梅花的幽幽暗香,就像爱人温馨的陪伴,润泽着她孤独的内心,滋养着她高贵的灵魂,更诠释着她对爱情的永恒守望。

---

① 陈寅恪《柳如是别传》谓钱柳姻缘不仅契合传统之三生说,更有与众不同的"三死"之说:第一死为南明倾覆,如是劝钱谦益一同以死殉国;第二死为顺治五年钱谦益牵连进黄毓祺案,有赖于柳如是全力营救才免于一死;第三死为钱谦益病逝,如是以身殉夫。

9 拼得一命酬知己
——董小宛

明思宗崇祯十五年（1642），明王朝正处于岌岌可危的悬崖边缘，内忧外患集中爆发，国家面临灭顶之灾。这一年，离1644年清兵入关，只剩下最后两年；而在国内，李自成起义已经有十多年，两年后，也就是1644年，李自成攻进北京，崇祯皇帝自杀，明朝灭亡。

这是典型的末代乱世，大半个中国陷入硝烟滚滚的战火当中，生死乱离是这个时代最常见的景象。然而就在这样的乱世当中，有一个特别的地方，有一群特别的女性，用她们特殊的命运，谱写着一曲曲动人心魄的爱情悲歌。

这个特别的地方就是南京，这一群特别的女性被称为"秦淮八艳"，也叫"金陵八艳"，她们中的每一个人几乎都是集绝世才貌于一身，每一个人都追求着乱世当中、最难得到的爱情。像柳如是和钱谦益、李香君和侯方域、顾横波和龚鼎孳……她们每一个人的爱情经历，都是一部跌宕起伏的坎坷传奇。在秦淮八艳中，最温柔、最痴情、最贤惠、性格最恬淡的可能就是董小宛了，她的爱情故事，在秦淮八艳中也最旖旎动人。

董小宛，名白，字小宛，又字青莲。虽然不幸沦落风尘，却成为明代末年艳冠群芳、才华绝俗的江南名媛。她取字青莲就是因为仰慕大诗人李白（李白号青莲居士），由此也可见董小宛的心性清高、气质脱俗。

崇祯十五年八月，董小宛坐船从苏州前往南京，半路上遇到一群无恶不作的强盗，董小宛只能藏到芦苇丛里，三天水米未进。明知路上不太平，董小宛仍然一意孤行要赶去南京的目的只有一个，她相许终身的情郎正在南京的贡院赶考。好不容易到了南京，考试还没结束，因为害怕打扰恋人的考试情绪，她又在船上等了两天才进城。

董小宛冒死也要去南京相会的恋人，就是明末大才子冒襄，字辟疆，号巢民。明神宗万历三十九年（1611）出生。冒氏家族为江苏如皋名门，世代官宦，是当地的豪门望族。冒辟疆与桐城方以智、宜兴陈贞慧、商丘侯方域，并列"复社四公子"。明代灭亡之后，冒辟疆坚守遗民气节，始终不肯入仕清朝。

崇祯十五年，冒辟疆三十二岁，这已经是他第五次到南京参加乡试。虽然他是公认的大名士、大才子，可是在考场上总是运气不好，六次乡试却六次落第。

从南京考完试出来，冒辟疆又因为要追赶他父亲冒起宗的船，匆匆离开南京，去了銮江（今江苏仪征、镇江一带）。董小宛得知消息之后，丝毫没有犹豫，再次雇船去追随冒辟疆，可是船行到燕子矶的时候又碰到大风暴，差点遭遇沉船的危险。

兵荒马乱、出生入死、坎坷多舛的命运，风波迭起的爱情道路，让董小宛写下了这样的诗句，来表白她此生无怨无悔的爱情追求：

事急投君险遭凶，此生难期与君逢。
肠虽已断情未断，生不相从死相从。
红颜自古嗟薄命，青史谁人鉴曲衷？
拼得一命酬知己，追伍波臣作鬼雄。（《与冒辟疆》）

这首诗几乎可以说就是董小宛对冒辟疆表白她爱情的宣言，这份宣言当中，包含着董小宛爱情态度的三个层次：

第一层态度，烽火乱世，生命固然重要，爱情却更值得追求。"事急投君险遭凶，此生难期与君逢。肠虽已断情未断，生不相从死相从。"她明明知道这一路追来，随时会遭遇到生命危险，天灾人祸，无论是什么危险，都是一个弱女子很难挺过去的。她甚至在每一次出发之前都已经做好了最坏的心理准备，"此生难期与君逢"，这一去，恐怕连爱人的面都没见着，就已经命丧黄泉了。可即便是这样，她宁可冒着付出生命的代价，也要和她相爱的人厮守在一起，"生不相从死相从"。

第二层态度，坚信她爱的人就是她在这个世界上唯一的知音。自古红颜多薄命，乱世红颜就更加命运悲惨，在人人自危的年代，谁又会去真正怜惜一个沦落风尘的薄命女子呢？"青史谁人鉴曲衷？"董小宛却偏偏要"逆流而行"，在乱世当中去追求她的知音，她坚信在这个世界上，总有一个人，能够听懂她，能够明白她所有的苦心和爱情。

第三层态度，为了知音相惜的爱情，她可以付出一切，包括生命。"拼得一命酬知己，追伍波臣作鬼雄"，波臣指的是水族，古人设想水中水族里也有君臣，所以臣隶被称为"波臣"，后来就成为溺水而死之人的代称了。小宛用这两句诗是想表明：如果为了她爱的人，必须付出生命的代价，她也毫不怯懦、毫不退缩，即使是死了，也是鬼神里的英雄豪杰。最后一句诗显然是化用了李清照的"生当作人杰，死亦为鬼雄"诗句，只不过李清照的诗反映的主要是爱国情怀，而董小宛将爱国情怀和个人的爱情融合在了一起。

"拼得一命酬知己",对董小宛来说,她和冒辟疆之间,是一份过命的爱情。它和一般小儿女要死要活的爱情不一样,更不是那种动不动就以死相逼的狭隘感情。美丽多情的董小宛,在那个愁云惨淡的末代乱世,是用生命演绎了一曲最动人的爱情绝唱。

"拼得一命酬知己"！那么,董小宛是怎样用自己的生命,去赢得一份生死相许的爱情的呢？我想用三句话来勾勒董小宛和冒辟疆的爱情轨迹:相爱过程的一波三折,浪漫与苦难并存的婚姻生活,荡气回肠的悼亡遗响。

我们先来看看董小宛和冒辟疆相识相爱的过程,那真的是一波三折、好事多磨。

董小宛生于明熹宗天启四年(1624),虽然在她还只有十一二岁的时候就已经艳冠秦淮,但她的内心对迎来送往的风尘生活充满了反感,秦淮河的香艳奢靡更是让她心生厌倦。明思宗崇祯九年(1636),她搬迁到了苏州半塘,在靠近虎丘山的地方,过起了"竹篱茅舍自甘心"的清淡生活。

风流才子冒辟疆无数次听到朋友交口称赞董小宛,说她"才色为一时之冠"。可是冒辟疆多次慕名去拜访,却始终没有见到她。崇祯十二年(1639),冒辟疆乡试落第后曾到苏州散心,再次寻访小宛,不巧小宛又去了太湖边的洞庭山。直到冒辟疆要离开苏州之前，他抱着最后一线希望再次来到董家，连小宛的母亲陈氏都觉得过意不去了，她对冒辟疆说，先生已经来过这么多次了，每次小宛都恰巧不在家。今天小宛倒是没有出去，可是她喝了点儿酒还有点薄醉未醒呢。

说完，陈氏去扶了小宛出来，就在曲栏花径上与冒辟疆远远地见了一面。多年之后，当冒辟疆回忆起这一天，他用了十六个字来形容第一眼见到小宛时的感受："面晕浅春，缬眼流视，香姿玉色，神韵天然。"面颊泛着淡淡的绯红，眼波流转间仿佛蕴含着无限慵懒又无比娇媚的万种风情，真是国色天香、神韵天然。只是因为薄醉未消，小宛又一贯是一个不愿意逢迎的人，两个人竟然连一句话都没说上。冒辟疆只好怏怏地告辞而去。

有时候，命运的转折竟然就在不经意的那一眼之间。

没有想到，这惊鸿一瞥，竟然从此改写了冒辟疆和董小宛的命运。董小宛如出水芙蓉般清丽绝俗的模样，镌刻在了冒辟疆的脑海里；但还在微醺当中的小宛，却对冒辟疆没有一点儿印象。

那一年，小宛十六岁，冒辟疆二十九岁。这对才子佳人的故事，一开始就打破了最俗套的模式，进入了最传奇的转弯。

因为接下来，冒辟疆和小宛竟然整整三年没有见面。三年都没有再见面的原因，除了乱世奔波之外，最重要的原因竟然是在这三年当中，冒辟疆和秦淮八艳中的另一位绝色美女陈圆圆双双坠入了爱河。

冒辟疆与陈圆圆不仅一见钟情，并且很快定下了婚约。可是等冒辟疆安顿好家事，再匆匆赶到苏州，准备迎娶圆圆的时候，陈圆圆已经被朝廷派来江南采买佳丽的皇亲国戚强行抢到北京去了。

陈圆圆也是明末清初最富传奇色彩的女子之一。传说为了她，连吴三桂都丧失了理智，"恸哭六军俱缟素，冲冠一怒为红颜"。吴伟业的《圆圆曲》甚至还说，吴三桂就是因为要夺回陈圆圆，才投降了清兵，引清兵入关，赶走了李自成的起义军，攻占了北京城。

失去陈圆圆，对冒辟疆无疑是一个巨大的打击。崇祯十五年，当冒辟疆泛舟半塘、徘徊在低迷痛苦的情绪之中，他的船偶然漂过半塘的桐桥，不经意一抬头，他看到岸边有一幢别致的小楼颇为雅洁，于是他随口一问："这是谁住的地方啊？"同行的朋友告诉他："这就是董小宛住的地方啊！"

董小宛，这个名字在冒辟疆的脑子里灵光一现，三年前的那次惊鸿一瞥，忽然又异常清晰地回到了他眼前。虽然只隔了三年，但这三年不仅世事巨变，冒辟疆个人的爱情也经历了一番沧海桑田。朋友很了解冒辟疆遭遇的爱情波折，又及时地补充了几句："董小宛的母亲去世不久，她的心情一直不好。再加上前一段时间朝廷在这边采买女子的时候,董小宛也受到了惊吓,只能躲在这里闭门谢客,听说已经病得起不了床了。"

朋友的这一番话更让冒辟疆对小宛心生怜惜,毕竟陈圆圆的得而复失,让他对朝廷强买江南佳丽的事情还心有余悸。小宛也是一个无依无靠的弱女子,经过了那样一番骚扰逼迫,还不知怎么样了呢。如今命运又奇妙地把他送到了小宛的家门口,他又怎么能过门而不入呢?

于是,冒辟疆吩咐停船,上岸去敲小宛的家门。敲了很久才有人开了门,只见小楼里灯火昏暗,桌上、床上堆满了药和药罐子,一股浓郁的药味飘散在整栋楼里。小宛靠在床上没有起身,但隔着帷帐也能感觉到她气若游丝。只听得小宛虚弱地问了一句:"不知来客是哪位贵人?"

冒辟疆赶紧施礼回答:"在下冒襄,三年前曾与娘子一晤。"

小宛又沉默了一会儿,只听得帷帐里传来低低的啜泣声,夹杂着小宛时断时续的说话声:"原来是冒公子,当日一见,我母亲盛赞公子人才奇秀,因为没能和公子交谈,母亲还为我感到可惜呢。三年了,母亲刚刚去世,现在看到公子,母亲的话就好像还在我耳边一样……"

一边说着,小宛一边勉强支撑起身,揭开帷帐,细细打量了一番冒辟疆——那时,冒辟疆早已是名震江南的著名才子,董小宛当然不可能没有听说过他的大名。他不仅才华盖世，还是一个出类拔萃的大帅哥，钱谦益夸他是"淮海维扬一俊人"，有人直接赞美他是"美少年"，甚至还有人说："凡是见过冒辟疆的女子，都为他所倾倒。甚至还有无数女子宣称，宁可放弃做贵人妻子的机会，也甘愿去做冒辟疆的一个小妾。"

这样一位潇洒俊美、才情绝俗的名门公子，当他玉树临风地站在小宛眼前的时候，即便是昏暗的灯光，也遮不住他浑身上下散发出来的魅力。

如果说三年前的第一面，是小宛的绝世容颜让冒辟疆念念不忘；那么三年后的第二次见面，是冒辟疆的绝世风采让小宛情难自已了。一见惊艳，再见倾心，命运在这里为董小宛和冒辟疆安排了第二次奇迹般的转弯。

冒辟疆的不期而至，就像是一剂起死回生的奇药，让重病垂危的小宛瞬间爆发了活下去的勇气。本来冒辟疆只是想安慰小宛几句，看她病体虚弱，就准备早一点告辞，可是小宛哀哀可怜地牵着冒辟疆的衣袖，再三挽留他。小宛对他说："这些日子以来，我十天有八天是惊魂不安、寝食俱废的，昏昏沉沉了这么久，没想到一看到公子，竟然立刻就觉得神清气爽了。"她一边挽留冒辟疆，一边让家人去准备酒菜。只是因为冒辟疆当时还有要事在身，不能逗留太久，只好一狠心，和小宛告别而去，还和小宛约定事情办完之后,一定再来看她。

第二天一大早,冒辟疆准备发船离开,朋友劝他信守承诺,临行之前还是应该去和小宛告个别,于是冒辟疆再次来到小宛家。这一回,小宛的举动,大大出乎冒辟疆的意料——快到小宛楼下的时候,冒辟疆远远看到小宛已经盛装打扮,正在倚栏而望,和昨晚那个病恹恹的样子判若两人。

小宛一看到冒辟疆的船靠岸,立即一路小跑着过来上了船。冒辟疆完全没有心理准备,他再三向小宛解释说,他还有紧要的家事,必须尽快赶回去,实在没有时间陪她。

没想到,小宛坚决地说:"我的行李都已经收拾好了,我一定要送公子一程。"

看着小宛那柔弱却又坚定的神色,冒辟疆真是左右为难:带上她吧,兵荒马乱的旅途实在是很不方便;拒绝她吧,又实在是不忍伤害她的一颗赤诚之心。就在这左右为难之间,船走了二十七天,冒辟疆劝小宛回去劝了二十七次,小宛却始终不为所动。

船到金山的那一天,小宛陪着冒辟疆登上了金山。

在滚滚长江前,小宛立誓说:"我此身就如同这江水东下,跟定公子了,绝不再回苏州去。"

"肠虽已断情未断,生不相从死相从",冒辟疆这才真正明白小宛以身相许的决心,他在感动之余也意识到这件事的难度,他的第一反应是必须严词拒绝,不能给小宛一丝幻想的余地。于是,他对小宛说:家里还有一大摊子事儿等着要处理,父亲在官场上的前途吉凶难料,老母亲远在家乡好久没去看望陪伴了,况且,科场考试又迫在眉睫……这个时候,他哪里有心思和小宛谈婚论嫁呢!

于是冒辟疆尝试着和小宛商量,请她先回苏州,等自己处理完手头的急事,去南京赴试的时候,再去苏州接了小宛一同到南京去,考试结果无论是中还是不中,那时再商量结婚的事情。

小宛虽然下定了决心绝不离开冒辟疆,但她毕竟是一个通情达理的女子,当然知道自己不能拖累公子,可是要她回苏州去等,谁知道公子会不会信守诺言呢?正在犹豫的时候,一个随行的朋友开玩笑说:"既然你们决定不了,那就掷骰子,看看小宛的心愿能不能实现。"小宛果然非常郑重地整理衣裳,在窗口拜了又拜,许愿完毕之后,骰子一掷,竟然得了个全六!

在场的所有人都惊呆了!难道这就是天意?也许正是这个吉兆,让小宛终于同意了冒辟疆的建议,先回苏州去等他的消息。

小宛回苏州之后,闭门谢客,并且从此不再吃荤菜,一心一意等着冒辟疆来接她。她甚至一直不肯脱去和冒辟疆分手时候穿的衣服,到了深秋十月,寒风瑟瑟,她却还穿着单薄的衣裙。她说,如果冒公子一日不来接她,她就一日不加衣裳,就算被冻死,也不改衷心。

可是，冒辟疆料理完家事之后，因要匆匆赶往南京考试，来不及先去苏州，他打算考完试之后再去接小宛。

望穿秋水的小宛得知了冒辟疆的行踪，心急如焚，便带着一个丫鬟雇了船，从苏州赶到南京去和冒辟疆会合。这一路追随，接连遭遇盗贼和大风暴，小宛诗中所说的"肠虽已断情未断，生不相从死相从""拼得一命酬知己，追伍波臣作鬼雄"，实在就是她亲身经历的真实写照。几次死里逃生的小宛，是在用生命博取一个值得她托付终身的红尘知己。

小宛誓死相从的痴情和勇敢，在经历了多番波折之后，终于感动了犹疑不决的冒辟疆。他们的结合，只剩下最后一重障碍：为董小宛赎身。

小宛的身份是官妓，要脱籍，除了需要高额的赎银之外，还必须取得官府的同意，而且在乱世中独立支撑的小宛还欠下了巨额债务。正在冒辟疆感到力不从心的时候，一个贵人的出现，将他们从困局中解救出来。这个人，就是一代大儒、当时的文坛领袖钱谦益。钱谦益的如夫人正是董小宛的"闺蜜"，同样也是秦淮八艳之一的柳如是。钱谦益和柳如是夫妻俩亲自赶到苏州半塘，把小宛接到他们的船上，并且动用了一切可以动用的关系，上下疏通，在三天之内替小宛偿还了所有债务，据说换回来的债券居然高过一尺!

接着,钱谦益又大摆筵席,邀请了远近的名士为小宛饯行,等于是向世人公开宣示了小宛的新身份,然后再雇船派人将小宛一直送到江苏如皋冒辟疆的家中。

钱谦益和柳如是的大义相助,让冒辟疆和小宛的爱情命运出现了第三次转弯:一对乱世中的苦命恋人,终于如愿以偿成了朝夕相守的神仙眷侣。

如果说在冒辟疆和小宛相识相爱的过程中,是董小宛自始至终采取了最为坚决的态度,在追求爱情幸福的过程中,抱着决不放弃的勇敢,甚至愿意以生命的代价换来冒辟疆的接纳与怜爱;那么在他们婚后的生活中,冒辟疆才真正切身体会到了小宛那种不可替代的性情与气质。因为世上的女子千千万万,可是能够集温柔性情和浪漫才情于一身、集风情万种和坚贞不渝于一身的,却只有小宛一人。

在一波三折的恋爱过后,崇祯十六年(1643),小宛正式进入冒府,成了冒辟疆的侍妾,从此开启了他们浪漫与苦难并存的婚姻生活。这样的生活,持续了九年时间。我很愿意用三个词来形容他们婚后的生活状态:

享清福、添雅趣、共患难。

冒辟疆已于崇祯二年(1629)和名门闺秀苏元芳成婚,这是双方长辈早年订下的一门"娃娃亲"。因为订婚的时候，冒辟疆和苏元芳都还只有三岁，结婚的那一年，夫妻俩都是十九岁。

苏元芳性格和顺，端庄大度，和冒辟疆一直相敬如宾。小宛进门之后，苏元芳对小宛也非常亲切，甚至小宛被送到如皋之后，刚开始一切起居生活都是苏元芳为她精心安排的。小宛十分庆幸遇到了一位如此贤良的主母。

小宛进入冒府之后，更是小心谨慎，侍奉公婆和苏夫人都非常孝顺和恭敬，甚至比丫鬟仆妇还要更加任劳任怨。冒府上上下下的人，都特别喜欢、信任小宛，后来苏夫人甚至将料理家务的财政大权，干脆都放手交给了小宛，不仅冒辟疆的吃穿用度全部由小宛打理，连苏夫人自己的日常生活费用，也都让小宛经手安排，可是小宛从来没有为自己留过一分一毫的"私房钱"。

九年的朝夕相处，小宛和公公婆婆，尤其是和主母苏夫人竟然没有红过一次脸。这样的彼此信任和亲密程度，实在是别人婚姻中想都不敢想的。

在旁人眼中，冒辟疆和小宛的结合就是一对才子才女、帅哥美女的结合，"一对璧人"这样的形容放在他们身上最合适不过了。有一次，冒辟疆和小宛一起游金山，当时小宛穿着一件薄如蝉翼的西洋布轻衫，洁白的衣衫比阳光下的雪还要更加明艳，衬上小宛纤细修长的身姿，行步之间恍若仙女下凡，有霓裳羽衣之美。她和冒辟疆并肩而行,一路上不仅回头率百分之百,甚至还引起了数千游人尾随在他俩后面,一边还热烈地议论着:"这是哪里来的一对神仙?!"连江上的龙舟都围着他俩转,他俩停在哪儿,龙舟就划到那附近,回环绕圈,久久舍不得离去。

山水固然是难得的美景,可是有了小宛和辟疆这一对神仙眷侣,山水之美都黯然失色了。

然而美貌并不是维系爱情的主要纽带,小宛的温柔灵慧才更让冒辟疆倾心相爱。举几个日常生活中的小事吧。冒辟疆是个美食家,尤其爱吃甜食、海鲜和熏腊肉食,而且还特别喜欢呼朋唤友、大鱼大肉、热热闹闹地吃大餐。可是小宛生性淡泊,日常的饮食就是一小碗茶泡饭,佐以一二小碟水菜、香豉就足够了。她自己吃得简单,却总是能够像魔术师一样,变着法儿给丈夫做最美味的食品。直到现在,我们餐桌上常见的虎皮肉,据说就是董小宛发明的,因此又被称作"董肉"。这种肉肥而不腻,配上雪里蕻,又美味又健康。小宛还擅长用各种当季的鲜花、水果制作甜点。她制作的每一道美食,都极其清爽美洁,令人口齿生香,总是能给人带来无穷的惊喜。品尝小宛精心炮制的各类美食,成了冒辟疆一家人的享受。尤其是冒辟疆那个挑剔苛刻的胃,被小宛的精妙手艺和细腻心思收拾得服服帖帖。

小宛和冒辟疆都酷爱品香饮茶,小宛制香、烹茶的手艺更是无人能及。无论是做什么，小宛对于每一个细节总是追求完美。就说煮茶吧，茶叶一定是亲自挑选最精细的那部分，"文火细烟，小鼎长泉，必手自吹涤"①。每次小宛煮茶的时候，冒辟疆就会笑着吟诵左思《娇女诗》当中"吹嘘对鼎䥶"的诗句，来形容小宛噘着樱桃小嘴吹火洗茶的娇美模样，总是引得小宛莞尔一笑。

冒辟疆曾经这样描述他和小宛相对品茶的情趣："每花前月下，静试对尝，碧沉香泛，真如木兰沾露，瑶草临波"②，神仙一般的享受。

小宛的能干、细腻、优雅，九年如一日的勤劳，让冒辟疆发自肺腑地感叹：和小宛在一起的日子，是他一生中最幸福的时光。他甚至这样说："余一生清福，九年占尽，九年折尽矣。"和小宛共同生活的九年婚姻，让他享尽了一生的清福，"九年占尽"又"九年折尽"，自小宛去后，冒辟疆再也享受不到这样的清福了。

小宛用九年的时光，酿成了冒辟疆终生难以忘怀的味道。

小宛不仅在日常起居中让冒辟疆享尽清福，还用她的多才多艺和浪漫性情，为琐碎的婚姻生活，增添着无限雅趣。

---

① 冒辟疆《影梅庵忆语》。
② 同上。

小宛虽然出身风尘，却不是那种纯粹靠卖笑卖艺博取男人欢心的"花瓶"。嫁给冒辟疆后，她洗尽铅华，全身上下不戴一点儿珠宝首饰，除了尽心料理家务，将琐碎的日常生活经营得雅致可喜。她其实还很有艺术天分，擅长绘画书法，精通写诗唱曲儿。更难得的是，她还酷爱读书，尤其喜欢读《楚辞》及杜甫、李商隐等人的诗，"午夜衾枕间，犹拥数十家唐诗而卧"。在家里能够和冒辟疆纵论经史子集的女性，只有小宛；而冒辟疆在读书著述之时，能够红袖添香、从旁协助的人，也只有小宛。他们有时终日待在书房中，抄写、商订，甚至到了"永日终夜，相对忘言"的境界，这是何等心灵相会的默契！

至于诗词唱和，那更是冒辟疆与小宛夫妻生活的日常。如小宛特别喜欢梅花和菊花，小宛亲手种菊花的时候，冒辟疆还为她写过一首《咏菊》诗："玉手移栽霜露经，一丛浅淡一丛深。数此却无卿傲世，看来惟有我知音。"小宛也写了一首《和辟疆咏菊》，表达对丈夫知音相赏的回应："小锄秋圃试移来，篱畔庭菊手自栽。前日应是经雨活，今朝竟喜带霜开。"也许菊花的那种清高、顽强，正是小宛性格的写照吧？

有一次，小宛在病中，因特别喜欢朋友送的一种叫作"剪桃红"的名贵菊花，便把菊花移到床边，用白色屏风三面围住，中间放一把小椅子，每天晚上高烧翠蜡，小宛坐在其间，"人在菊中，菊与人俱在影中"。小宛回头看着屏风上的人影和菊影，问冒辟疆："菊花的意态是足够美了，可是人比菊花瘦，奈何奈何？"

多年以后，当冒辟疆回忆起这个夜晚，那个人影、菊影交相辉映的情景仍然清晰得就好像发生在昨天，"至今思之，淡秀如画"。古人认为"琴棋书画"是读书人的四大才艺，而小宛所擅长的，又何止琴棋书画四艺呢？这样谈书论画、诗琴雅趣的婚姻生活，又有几对夫妻能够享受得到呢？难怪冒辟疆说，凡是认识小宛或者听说过小宛故事的人，都会感叹这样灵心慧质的女子，"莫不谓文人义士难与争俦也"。

当然，能够将悠闲富贵的家庭生活过得精致优雅，也许还不足以说明小宛的出类拔萃，最能体现小宛在爱情中的奉献精神的，还是婚姻面临巨大灾难时的表现。"共患难"，也许才是小宛性格中最闪光的地方。用冒辟疆自己的话来说，小宛对待患难的态度，便是"履险如夷，茹苦若饴"。

崇祯十七年（1644），清兵入关攻占北京，朝野一片混乱，盗贼蜂起，江苏如皋冒氏家族也终结了富贵闲雅的生活，陷入惊慌逃难的困境。一家老小在仓皇中，很多东西都来不及整理置办。在逃难途中，冒辟疆的父亲冒起宗说："这一路上肯定需要大量的细碎银两，一时之间到哪里去筹办呢？"冒辟疆愁眉苦脸地和小宛商量，小宛却不慌不忙拿出一个布袋子，里面从一分到一钱左右的散碎银两都分得清清楚楚，每十两银子分成几百小块，都用小字在上面标明分量，这样仓促之间可以随手取用。冒起宗看到之后，又是惊讶又是赞叹，没想到小宛在忙乱之中处理事务竟然还可以如此精细！

一家老小三代上百口人，在逃难途中遭遇的种种危险困难实在是难以尽述。有一天晚上，一伙强盗围攻冒家临时歇息的一处宅院，冒辟疆只能带着一家人趁着天黑赶紧逃命，他一手扶着老母亲，一手牵着苏夫人，还有两个幼小的儿子，实在腾不出手来照顾小宛了。他只能回头交代小宛一句："你走快一点，尽量跟在我后面，慢了跟不上就危险了。"

小宛一双小脚艰难地跟在后面，连滚带爬地走了好远。她对冒辟疆说："如果碰到危险，你一定要首先照顾好老母亲和夫人、孩子，不用管我，我就算跟不上，死在竹林中，此生也没有任何遗憾了。"还有一次，在生死攸关的危急时刻，冒辟疆想把小宛托付给一个信得过的朋友照料，自己先护送老母、幼子离开。诀别时刻，冒辟疆对小宛说："这次逃难不比平常，如果我们还能活着相见，那一定要白头偕老；如果不能再相见，你一定要自己拿主意，好好过你的日子，不要以我为念。"小宛却斩钉截铁地回答："夫君放心，夫君身上担负着一家人的安危，绝不能为了妾一人而拖累全家。如果我还活着，一定会等着夫君。万一有什么不测，万顷大海就是妾的葬身之处。"

小宛这样的临别誓言，再次宣告了对冒辟疆的忠诚。"拼得一命酬知己，追伍波臣作鬼雄"这样的诗句，并不只是口头上漂亮的誓言，而是小宛至死不渝的信念。

不过，冒辟疆和小宛这次并没有真的分别，因为他的父母对小宛非常怜爱，坚持要带上小宛一起逃亡。

在饱尝艰辛和恐惧的逃亡生活中，冒辟疆曾经几次重病不起，每次都病到了死亡的边缘。其中一次从重阳节一直病到冬至，甚至到了"僵死"的程度。在这一百五十天里，小宛贴身陪护照顾，就在丈夫床边铺一床破席子。丈夫冷了，她就温柔地抱着他取暖；丈夫觉得热了，小宛就在一边给他扇扇子；丈夫觉得哪里痛，小宛就给他按摩。哪怕是漫长的黑夜，小宛也不敢熟睡，随时起来看视。不仅所有的汤药都是小宛亲自煎熬，还要亲自喂给丈夫，甚至丈夫的排泄物，小宛不嫌肮脏恶臭，每天都要仔细观察，看一看、闻一闻。冒辟疆病中暴躁，经常无缘无故冲着小宛大发脾气，小宛从不顶撞，只是默默地陪在一边。连冒辟疆的母亲和苏夫人都看不下去了，再三劝小宛休息一下，她们愿意轮流照看冒辟疆，让小宛能够稍微喘口气儿。可是小宛坚持不肯，她说："我一定要竭尽我的心力'以殉夫子'。如果夫君好好地活着，那我即便是死了也会觉得安心。如果夫君有任何不测,我活着还有什么意义?"

在小宛的细心照料下,冒辟疆终于病愈,后来还得享八十三岁高寿。冒辟疆在回忆这一段日子的时候,沉痛地说过:"余五年危疾者三,而所逢者皆死疾,惟余以不死待之,微姬力,恐未必能坚以不死也。"五年生了三次重病,而且都是"死疾",而他之所以没有死,全靠小宛的尽心照料。

冒辟疆活下来了,然而在这一连串惊惧与劳累的奔波过后,柔弱的小宛自己却染上了重病。小宛得的病应该是肺结核,这个病最需要好好休息和营养调理,但小宛哪里顾得上给自己调理身体呢?清顺治八年(1651)正月初二,二十七岁的小宛在缠绵病榻中走到了生命的尽头。嫁给冒辟疆九年的小宛,早就洗尽铅华,直到她生命的最后,她随时不离身的一点饰物,只有冒辟疆送给她的定情信物——一对金手镯,手镯上有冒辟疆亲自书刻的"比翼""连理"四个字。

"拼得一命酬知己""生不相从死相从",小宛死后葬在冒氏家族南郭别业的影梅庵旁边,她终于用生命兑现了自己的爱情誓言。小宛生前曾一度艳冠秦淮,往来冠盖如云,可是嫁为人妇之后清淡如菊,用最低调却又最浓烈的方式,诠释着她对爱情毫无保留的牺牲与奉献精神。

九年相守，一朝永别，冒辟疆痛不欲生："今忽死，余不知姬死而余死也！"他一度神情恍惚，不知道是深爱的小宛走了，还是自己也跟着小宛一起走了……

一代绝世佳丽香消玉殒，不仅冒辟疆悲伤欲绝，冒家上下沉痛莫名，"上下内外大小之人，咸悲酸痛楚，以为不可复得也"。连当时的名士们也纷纷写下悼亡篇章，仅《同人集》的《影梅庵悼亡题咏》中，就收录了二十七位名士为董小宛写的悼亡诗。

但真正痛彻心扉的人，还是小宛的夫君冒辟疆。冒辟疆不仅写下了数千言的哀辞痛悼小宛，"每冥痛沉思姬之一生，与偕姬九年光景，一齐涌心塞眼，虽有吞鸟梦花之心手，莫能追述"。还写下了上万字的《影梅庵忆语》，用类似于回忆录的形式，追述了与小宛相识、相爱、相守的点点滴滴，每一个细节都是那么清晰、那么令人回味。

《影梅庵忆语》堪称荡气回肠的悼亡遗响，而我每次读《影梅庵忆语》，读到"余一生清福，九年占尽，九年折尽矣"这几句时，总是情不自禁叹息泪下。要怎样深厚的感情，才能写出如此真实却又动人心弦的句子啊！冒辟疆是那么的幸运，别人一辈子都享受不到的"清福"，他"九年占尽"；冒辟疆又是那么的不幸，一辈子的清福，九年就已经完全耗尽了……

九年情缘，一世追忆，如果生命真的可以重来，我想，冒辟疆和董小宛一定还是会做出同样的选择：用九年的短暂光阴，换取一生无悔的倾心相爱。

10 更生受东君护惜
——顾太清

清道光十九年（1839）清明节，草长莺飞，花红柳绿，正是三月春光最好的时候，也正是踏青的最佳时节。不过在北京，这一年的清明节和往年一样，又是风雨交织，淫雨霏霏的天气仿佛成心和人们踏春的兴致过不去，将本应该很灿烂很明媚的春光涂抹上了一层淡淡的忧伤。

当然，风风雨雨的天气阻挡不住人们清明扫墓的脚步。这一天，北京郊区的大南峪迎来了一群衣着并不算特别华贵但仍不失雍容气度的人。

大南峪是清代皇室贵族的陵寝所在地，从清明前几日开始来朝陵的天潢贵胄就已络绎不绝。在这里守陵的人看惯了来来往往的皇亲贵戚、文武重臣，因此这群人并没有引起特别的注意。

清明扫墓是表达对先祖祭祀和怀念的一种形式，大家一般都会素服淡妆，贵族女性甚至会用素粉施于两颊，化一个"泪妆"来表达对先人的追思。但一年一度的清明扫墓对多数人而言，只是一种仪式化的祭奠活动，一般不会有太浓厚的悲伤情绪。不过，这群人却有些与众不同，他们的衣着非常素净，脸上的悲戚之色十分明显，走在最前面的是一位四十岁左右的中年女子，几乎是完全的素颜也掩饰不住她从骨子里散发出来的高贵气质。紧跟在贵族女子身边的是一位少年，才十四五岁的样子，容颜俊秀，双眸清澈，年纪虽然不大，却也显示出不凡的气度。

这位十四五岁的少年名字叫载钊，他的来历可不小。他的曾祖父是乾隆皇帝的五阿哥永琪，永琪被封为荣亲王，谥号为"纯"。在现在的80后、90后乃至00后眼里，五阿哥永琪说不定比太子名气还要大。这要拜一部曾经红透半边天的电视剧所赐——《还珠格格》。《还珠格格》原著作者琼瑶阿姨塑造了一个不但文武双全，才华横溢，而且还多情、痴情、专情、深情的五阿哥永琪，这位五阿哥和还珠格格小燕子发生了一段轰轰烈烈、吵吵闹闹的旷世之恋，还上演了一出为爱情而逃出宫廷、宁可放弃皇位继承权也要和小燕子天涯海角去流浪的浪漫剧情。

当然《还珠格格》情节纯属虚构，历史中真实的五阿哥永琪可没那么浪漫，他的福晋是清初著名的大学士鄂尔泰第三个儿子鄂弼的女儿，并不是来自民间的还珠格格小燕子。载钊就是五阿哥永琪的曾孙,他这次来到大南峪是为了给他的父亲奕绘扫墓。奕绘是五阿哥永琪的孙子,袭封多罗贝勒。载钊身边那位面容悲戚却仍不失大家风范的中年女子便是他的母亲,多罗贝勒奕绘的遗孀顾太清。

顾太清本名春,字梅仙,号太清,她经常以太清春自署,习惯上我们以顾太清来称呼她。因为电视剧《还珠格格》的走红,说起五阿哥永琪可能是无人不知无人不晓,可是说起顾太清,她的名气就远远不如永琪了。其实在清代文学史上,顾太清的名气才真的是家喻户晓,她被誉为是"清代第一女词人",与纳兰性德双峰并峙,堪称清代词坛上的"绝代双骄"。清代词学家况周颐就说"男中成容若,女中太清春"(《蕙风词话》),认为清代男性词人中数纳兰性德第一,女性词人中顾太清首屈一指。能与纳兰性德齐名,其地位可见一斑。

道光十九年清明节这一天,四十一岁的顾太清携十五岁的长子载钊来为先夫奕绘扫墓。这是奕绘去世之后的第一个清明节,也是顾太清结婚后第一次没能与丈夫共同度过的清明节。在奕绘的陵寝前,载钊搀扶着脸色苍白的母亲。顾太清勉强抑制着心中的剧痛,她不愿让儿子看出她内心极度的脆弱,然而她那明显瘦弱的身体、憔悴的面容其实已经让她的悲伤无法掩饰。她支撑着病弱的身体,一丝不苟地完成了祭奠的所有程序,没有出现任何的纰漏和瑕疵。然后，在祭祀仪式的最后，她在先夫奕绘的墓碑前，郑重地放上了一束雪白的海棠花。

载钊看着那束海棠，洁白的花朵掩映在浓密翠绿的海棠叶中，花瓣上、绿叶上缀满了晶亮的雨珠，显得楚楚动人。他再抬头看母亲，顾太清一动不动伫立在奕绘的陵寝前，眼里分明有泪珠在打转，看得出她在拼命忍住，然而泪水还是禁不住扑簌簌落下，落在海棠花上，分不清哪些是雨珠，哪些是泪珠。

十五岁的载钊虽然还不能完全明白海棠花对于母亲和父亲的意义，但他却深深了解母亲和父亲之间深厚的感情，也深深明白自父亲去世之后的几个月来母亲内心承受的悲恸。他轻轻地对顾太清说："额娘，时间不早了，孩儿还是先陪您回去吧。"

顾太清没有说话，呆呆地凝视那束海棠花半晌之后，才在儿子的搀扶下缓缓移步，离开了奕绘的陵寝。

奕绘贝勒去世于道光十八年也就是1838年七月七日。道光十九年农历三月，这是顾太清与奕绘天人永隔之后的第一个清明节，太清留下了这首痛彻心扉的七律《己亥清明率载钊恭谒先夫子园寝痛成一律》：

入谷惟闻春草馨，苍苍松桧护佳城。
林泉已遂高人志，俎豆难陈寡妇情。

近日忧劳成疾病，经年魂梦却分明。

伤心怕对闲花柳，泪洒东风不欲生。

大南峪的春光正好，春花春草的芬芳在山谷中弥漫，沁人心脾，四季常青的松柏、桧树如同一排排站得笔直的守陵护卫，苍翠挺拔，日日夜夜守护着这片庄严肃穆的皇家陵寝。奕绘贝勒就仿佛是世间的高人雅士，他终于如愿以偿归隐林泉，却留下了他的妻子顾太清，独自一人承受着世间的凄冷炎凉。整整齐齐排列在墓碑前祭奠亡灵的礼器虽然华贵，瓜果食品虽然极其精美，供奉的祭品虽然都经过了精心的准备，却冰冷得没有一点温度，又如何能够尽情倾诉太清满腹的辛酸和思念呢！

丈夫一去，不仅将中年孤独的寡妇遗留在人世上，还留下了四个未成年的孩子，这一切，都要顾太清去一一面对。"近日忧劳成疾病，经年魂梦却分明"，除了抚养四个孩子的责任，顾太清还承受了太多的压力和人生变故，她不愿意向丈夫诉苦，然而不到一年的时间，积劳成疾已经让她的身体濒临崩溃，她只能在那日复一日漫长而冰冷的黑夜里，无数次在梦中与丈夫相会，好像他们还和从前一样。

从前，每到清明时分，正是海棠花开得最美的时候，太清和丈夫静静依偎在天游阁的窗前（天游阁是太清在荣王府的居所），他们看着庭院里一起种下的海棠花，在蒙蒙细雨中盛开，红的娇艳，白的清雅。梦中的情景还那么清晰，那么温馨，让她怎么愿意相信她和丈夫竟然已经天人永隔？每次从梦中醒来，她都忍不住泪流不止，心痛不止。

又是一个春天来了，又是一个清明节了，海棠花又盛开了，可是谁还能陪她一起赏花一起吟诗唱和呢？"伤心怕对闲花柳，泪洒东风不欲生。"以前顾太清最喜欢的时光就是海棠花开的清明时节，花红柳绿，东风送暖，尤其是他们一起在天游阁前亲手种下的海棠花，更是承载着他们淳厚的伉俪深情。可如今，海棠花开变成了她最害怕面对的风景，因为，海棠花开得越美，越提醒着她美好时光的永远逝去，海棠花成了她心中对丈夫奕绘最美也最痛的祭奠。

顾太清还清楚地记得，五年前，也就是道光十五年（1835），就在清明前一天，她还和丈夫奕绘一起，亲手移植了几株海棠花种在他们的庭院中。为此，她专门填了一阕词《临江仙·清明前一日种海棠》：

万点猩红将吐萼，嫣然迥出凡尘。移来古寺种朱门。明朝寒食了，又是一年春。　　细干柔条才数尺，千寻起自微因。

绿云蔽日树轮囷，成阴结子后，记取种花人。①

"移来古寺种朱门"，海棠花是从一座古寺里移栽过来的，如今种在了王府这样的朱门贵族府邸。青翠的绿叶中星星点点隐藏着红艳艳的花蕾，娇媚得仿佛是万朵红霞，又好像是少女明媚的笑靥，是那么超凡脱俗，美得一派天然高贵。"明朝寒食了，又是一年春。"寒食过后便是清明节，这已是农历三月的暮春，可在顾太清看来，海棠花含苞待放的明艳才昭示着春天的真正到来，有海棠花盛开的季节才是真正的春天。

别看刚刚种下的海棠还显得有些纤细柔弱，但"千寻起自微因"，寻是长度单位，八尺为一寻。海棠花在他们夫妻的悉心照料下，日后等它们长得高大粗壮、绿叶成荫、开花结子的时候，可一定要记得当年种花的这对恩爱夫妻啊："成阴结子后，记取种花人。"清明节前一天移植海棠花，这虽然只是日常生活中再普通不过的一件小事，但不仅顾太清写了这首《临江仙·清明前一日种海棠》专门记录下来，她的丈夫也与她互相唱和，写下了《绮罗香·种棠》词和《种棠歌》记录同一件事情。

---

① 轮囷：盘曲硕大的样子。成阴结子：杜牧《怅诗》："狂花落尽深红色，绿叶成阴子满枝。"记取种花人：刘克庄《临江仙·县圃种花》"手插海棠三百本，等闲装点芳辰。他年绛雪映红云。丁宁风与月，记取种花人。"本集顾太清所有作品注释均出自金启孮、金适校笺：《顾太清集校笺》，中华书局2012年。

为什么这么一件小事,值得一对皇室贵族夫妻反复吟咏、再三唱和呢?难道在府中移栽几株海棠花有什么特别值得纪念的重要意义吗?

要回答这个问题,我们必须先来回顾一下奕绘和顾太清夫妻来之不易的婚姻生活。

如果说在电视剧和琼瑶小说《还珠格格》里,五阿哥永琪与还珠格格小燕子的爱情故事堪称虚构的旷世绝恋的话,那么在真实的历史中,永琪的孙子奕绘与顾太清之间的爱情婚姻才算得上是真正的旷世绝恋。

奕绘和顾太清同年,都是出生于清仁宗嘉庆四年(1799)。奕绘的出身就不用说了,爷爷是五阿哥荣纯亲王永琪;父亲绵亿袭封荣郡王,谥"恪",世代皇亲。世子奕绘降袭多罗贝勒,赏戴三眼花翎。[1]

说来也巧,奕绘于嘉庆四年正月十六降生于北京太平湖荣王府,顾太清的生日则是嘉庆四年正月初五。同年同月生,似乎命中注定两人有前世未了的缘分,但在他们出生的时候,各自的家庭环境却有着天壤之别。奕绘一出生便是钟鸣鼎食的皇室贵胄,顾太清早年的人生却显得那么凄凉。

---

[1] 奕绘、顾太清主要生平经历参阅金启孮《满洲女词人顾太清和〈东海渔歌〉》一文(《顾太清集校笺》附录),金启孮先生乃奕绘、太清的五世孙,清史学家。

顾太清本来并不姓顾，她本姓西林觉罗氏，名春，本名应该是西林春才对，满洲镶蓝旗人。她的祖父鄂昌是清初著名大学士鄂尔泰的侄子，鄂昌曾官居甘肃巡抚。可是乾隆二十年（1755）的时候发生了一场震惊朝野的文字狱——胡中藻《坚磨生诗钞》案，因胡中藻是鄂尔泰的门生，鄂昌也因此被牵连获罪，赐死，家产被悉数籍没，显赫一时的西林觉罗氏鄂尔泰家族就此家道中落。顾太清一出生就戴着"罪人之后"的帽子，她的父亲鄂实峰是鄂昌的独生子，一生不能做官，只能靠为他人做幕僚勉强维持一家的生计。

鄂实峰后来把家搬到北京西郊的香山，娶了香山富察氏的女儿为妻，生下一子二女，顾太清便是鄂实峰与富察氏的长女。鄂实峰虽是罪人之后，毕竟有着与生俱来的贵族血脉，书香门第的家风并未中断。顾太清与兄弟姐妹们从小就受到了良好的教育，成年之后的顾太清，更是满洲贵族圈子里颇受关注的大才女。

然而，尽管顾太清才名远播，且品貌双全，可是因为那顶"罪人之后"的帽子，她的婚姻之路并不顺利。直到二十三岁，顾太清仍然待字闺中，没有合适的定亲对象。就在她二十三岁这年，也就是道光元年（1821），她走进了五阿哥永琪的荣亲王府。这一年，正是她命运转折的一年，因为她在这一年遇见了五阿哥永琪的孙子，荣王府的世子爱新觉罗·奕绘。

五阿哥永琪的福晋西林氏是鄂尔泰三子鄂弼的女儿，也就是说顾太清是永琪福晋的侄女儿，她就是以这重身份被永琪福晋也就是自己的堂姑聘为荣王府的家庭教师，主要工作是教荣府的格格们读书认字、诗词唱和。

这一年，不仅是顾太清命运的转折点，也是奕绘爱情之门真正打开的一年。同样二十三岁的奕绘早在九年前也就是十五岁的时候（嘉庆十八年，1813）已经被指婚赫舍里氏，福晋名霭仙，字妙华，人称妙华夫人，比奕绘大一岁，两人已经育有一子一女。然而，懵懵懂懂进入婚姻的奕绘其实并没有遭遇过真正的爱情，直到顾太清出现在荣王府，一切才发生翻天覆地的变化。

太清出类拔萃的才华，太清清新绝俗的容颜，甚至太清眼神中永远抹不去的那缕淡淡的忧郁，都让奕绘心跳不已。虽然太清的身份是格格们的家庭教师，但奕绘总是能够找到这样那样的理由去见太清。有时他与格格们混在一起，与太清吟诗唱和；有时却只能远远地看一眼太清，这份深深隐藏在心中的爱恋折磨得奕绘寝食难安。

而这一年，从未涉足过爱情的顾太清也感受到了奕绘灼热的眼光，情窦初开的少女心忍不住怦怦直跳。有时她和格格们说着话，眼睛的余光却情不自禁瞥向奕绘所在的方向。如果奕绘和格格们一起谈笑，甚至主动要求加入格格们唱和的队伍，太清会红着脸低下头去……她心里不得不承认：自己也深深爱上了这个男人。

奕绘确实是一个值得认真爱、深深爱的男人。这种值得，不是因为奕绘是五阿哥永琪的孙子，是荣王府的世子，爵位的世袭子弟；不是因为奕绘潇洒俊逸，风度翩翩，而是因为奕绘浑身散发出来的书香气质。他不仅是一个高贵的贝勒爷，骑射俱佳，更是一名温润儒雅的学者、诗人、词人、书画家，著作等身，藏书万卷，还对西洋文化颇有研究，精通数学，甚至向西洋传教士学习了拉丁文。这样一份诗意温雅、积极向上的气质同样深深吸引着太清。尽管两个人地位相差悬殊，一个贵为皇室子弟，一个却是罪人之后，但在最初的犹豫、焦虑甚至恐惧过后，这两个气质相近、学识相当的同龄人迅速坠入了爱河。

也许对一个女人来说，许诺婚姻才是对爱情负责的最好体现。奕绘虽然已有妻室儿女，但此时的他，其实才刚刚品尝到爱情真正的滋味。那份眼波交汇的甜蜜，那份一日不见如隔三秋的渴望，那份患得患失的焦虑，让他感受到了从未有过的情感的温度与力度。他决定：此生一定要娶太清为妻，他要与她光明正大地生活在一起，以夫妻的名义，朝朝暮暮，长相厮守。

可是，当奕绘提出要娶太清为侧福晋的要求时，荣王府顿时炸开了锅。反对尤为强烈的还并不是他的嫡妻妙华夫人，而是他的母亲，太福晋王佳氏。太福晋反对的理由让奕绘无言以对：因为按照清朝的规定，皇室子弟王、公、贝勒、贝子如果要纳侧福晋，人选只能从本府中各家包衣女子中厘定，太清显然不在此列。更何况，太清家族的罪名并未平反，罪人之后的身份，让她无论如何没有资格入荣王府为奕绘的侧福晋。

这两条反对的理由非常正当而且充分，奕绘和太清的爱情不仅遭遇了巨大的阻力，而且因为这段恋情的公开，他们的相处也遭遇了强大的阻碍。太清迫于荣府压力，为了避嫌，不得不离开荣王府，回到香山的旧居。

这一年，太清和奕绘都是二十四岁。

刚刚上升到沸点的爱情突然被迫中止，无论是对奕绘还是对太清，都是难以承受的痛苦，从此他们只能通过频繁的鸿雁传书来倾诉彼此刻骨铭心的思念。对奕绘来说，这份姗姗来迟的爱情弥足珍贵，他可以藐视王族出身，可以对功名富贵淡然处之，但是他绝不愿意放弃太清。在他生活的这个圈子里，从来都不缺少锦衣玉食的天潢贵胄，唯独缺少一个与他心心相印的知己。而这份心意相通的感觉，只有太清能够给他。

多亏了奕绘对于爱情的这一份执念，也多亏了奕绘特殊身份赋予他的聪明，在一年漫长的相思与煎熬之后，奕绘终于想到了一个绝妙的办法：他求助于荣王府的一名老仆——二等护卫顾文星家，希望太清能假冒顾家包衣的女儿，纳为侧福晋。

主人的意愿，顾家当然不好违抗，可是这个办法依然遭到了荣王府家人及亲友的劝阻——他们警告奕绘：万一穿帮了，这个罪名谁能承担得起？难道你要让荣王府世代英名毁在一个罪人之女身上吗？

奕绘好不容易想出来的办法再一次遭遇失败。奕绘颇有心力交瘁之感，甚至因此而大病一场。

然而，不能成为合法夫妻的现实，并不能阻止奕绘和太清熊熊燃烧的爱情之火。奕绘的坚持最终让荣府家人做出了让步，道光四年（1824），也就是奕绘和太清二十六岁这年，荣王府终于同意了奕绘的请求：让太清冒充顾姓包衣的女儿，呈报宗人府备案，遴选为奕绘的侧福晋。

三年艰难的爱情长跑终于修成正果，只是这门特殊的婚姻使得太清的官方身份从此不再是西林觉罗氏，她的名字不再是"西林春"，而是改名为顾春。又因为奕绘号太素，为了与丈夫彼此呼应，她也号为太清。

爱情以摧枯拉朽的力量冲破了一切艰难和障碍，太清和奕绘从此成了一对彼此珍惜、彼此爱重的夫妻。尤其是太清，虽然此前遭遇了荣王府的强烈反对，但她入府之后，依然不计前嫌，细心体贴地侍奉太福晋，尊重妙华夫人，尤其赢得了丈夫奕绘全身心的爱恋。

太清与奕绘的婚姻，是太清一生中最幸福最美好的年华。入府之后太清居住在天游阁，太清的诗集就取名为《天游阁集》。奕绘回忆他们坎坷的爱情经历时，曾万分感慨地为妻子太清写下这样的词句：

> 此日天游阁里人，当年尝遍苦酸辛。定交犹记甲申春。　　旷劫因缘成眷属，半生词赋损精神。相看俱是梦中身。(《浣溪沙·题天游阁三首》第二首，《南谷樵唱》卷一)

奕绘对太清的无限怜惜溢于言表。"当年尝遍苦酸辛"，作为罪人之后，太清享受不到无忧无虑的童年，成年之后她无法像其他女孩一样享受正常的爱情和婚姻，直到二十三岁才终于邂逅她的"真命天子"——奕绘。可是因为她特殊的身份，爱情又遭到百般拦阻，二十六岁才终于冲破一切阻碍结为夫妻："定交犹记甲申春"。他们结婚的道光四年正是甲申年。在那个年代，对于女性来说，二十六岁才终于走进婚姻，这样的幸福实在来得太晚太晚！谁又能想到，现在荣王府中天游阁里享受着幸福婚姻的女子，当年也曾经尝尽人间无数的悲酸苦辛，当年也曾痛苦无助到了绝望的地步？

奕绘曾集二十三岁至二十七岁五年间的93首词为《写春精舍

词》，取这个集名是因为太清名"春"，这些词大半为抒发他与太清相恋的种种曲折与情绪，只是当时他们的爱情遭遇阻挠而无法公之于众，所以情感的抒发也含蓄幽微，不能明言。

好在，这一切都结束了。"旷劫因缘成眷属"，无论经历多么漫长多么艰辛的劫难，好在，有情人终于成了眷属。太清是一个如水般清澈灵动的女子，而奕绘则是如山一般坚实厚重的男子，他给了任何男人都不能给予太清的承诺与守护。从此之后，他们一起看花开花谢，一起听风声雨声，一起迎日出日落。寒食清明时节，他们一起去郊外踏青，欣赏花红柳绿；九九重阳，他们一起登高望远，采菊东篱；即便是寒冬腊月，他们也可以在一起拥衾围炉，品读诗意词情。

道光十三年（1833）清明节，奕绘带着太清一起游北京畅春园宫门西边的双桥寺，夫妻双双写下了唱和诗篇。奕绘《清明双桥新寓二首（寺在畅春园宫门西·其一）》这样描述着北京清明节双桥寺的清新春景：

小寺双桥接，红墙绿水湾。买鲜湖岸侧，系马柳林间。客寓新移榻，禅扉远见山。清明春雨足，闸口听潺潺。

妻子顾太清随即步奕绘原韵唱和，《次夫子清明日双桥新寓原韵·其一》这样写道：

> 萧寺垂杨岸，明湖第几湾。去来今日事，二十五年间。（余二十五年前侍先大人曾游此寺）碧瓦凄春殿，玉峰看远山。僧窗对流水，欲往听潺潺。

诗题中的双桥新寓就是双桥寺。嘉庆十四年，十岁的太清曾陪着她的父亲鄂实峰游览过双桥寺；二十五年后，太清又陪着深爱的夫君再次游览双桥寺。两个她生命中最重要的男人，一个生她养她，一个给了她全部的爱情生命。清明时分，春雨潺潺，红墙绿水，远山含黛，禅房幽深，也许令人流连忘返的并不是如此美丽的春光，而是奕绘与太清琴瑟和鸣的美满婚姻吧。

这样的诗词唱和在奕绘与太清的婚姻中简直成了他们的"家常便饭"。比如说，道光六年（1826）清明节，太清陪同太福晋和妙华夫人去郊外春游，写了一首《丙戌清明雪后侍太夫人夫人游西山诸寺》，奕绘马上就和了一首《清明后太福晋携家人稚子游潭柘戒台诸胜遇雪夜晴侧室太清赋诗纪游因次其韵》；又比如说，道光十三年（1833）年清明节，太清写了一首《二月十五清明前一日雨中作》，丈夫奕绘马上就唱和一首《清明前一日雨次太清韵》；至于生日更是要互相庆祝了，例如道光十七年（1837）正月十六，也就是元宵节后一天是奕绘三十九岁生日，太清写了《上元后一日夫子诞辰观剧诗以为寿》为丈夫祝贺生日，而奕绘又立即写了《生日次太清韵》来应和……在他们的日常生活中，几乎是不可一日无诗，而无论是谁写了诗，另一半也多半会赋诗酬唱。

尽管顾太清早在少女时期就已才名远扬，但她学识、才华的厚积薄发还是在与奕绘相识、相恋和成婚之后，奕绘渊博的学识、对太清的爱重才真正全方面提升了顾太清的文学修养。夫妻间的频繁唱和，不仅创造了清代文坛上最令人瞩目、令人艳羡的一段佳话，而且即便是放眼整个中国文学发展的历史，"奕绘太清夫妇的诗词唱和之多"，也"堪称诗坛之最"[1]。顾太清这个名号也渐渐上升为清代女性词坛上最为耀眼的一颗明星。

太清的爱情如此浪漫，甚至她和丈夫的第一个儿子也出生在一个浪漫的日子：结婚的第二年，也就是道光五年（1825）七月初七，奕绘和太清的长子载钊诞生。奕绘一生育有九个子女（五男四女），四个为妙华夫人所生，五个为太清所生。最为难得的是，妙华夫人三十三岁去世之后，奕绘从此再未续弦，也没有纳妾，太清"九年占尽专房宠"[2]，代行所有嫡妻的权利，荣王府的嫁娶等

---

[1] 奕绘太清六世孙女金适《顾太清集校笺·前言》。
[2] 冒广生：《读太素道人〈明善堂集〉感顾太清遗事辄书六绝句》，见《小三吾亭诗》，光绪刊冒氏丛书本。

一应大事均由太清主理。

太清与奕绘的婚姻几乎可以说是清朝皇室贵族中的另类,然而奕绘丝毫不在意外界的议论纷纷,他把太清当成唯一的妻子来对待,将他全部的爱情毫无保留地奉献给了太清。奕绘用情之专,用情之深,在清朝皇室子弟中几乎可以说是绝无仅有。

太清和奕绘的婚姻生活中有太多太多温馨的细节,然而太清印象最为深刻的还是他们一起在天游阁庭前亲手种下海棠花的那个清明节。"万点猩红将吐萼,嫣然迥出凡尘。移来古寺种朱门。"因为共同地对海棠花的酷爱,他们一起从寺庙里移来海棠花,一起亲手种在庭院中,"明朝寒食了,又是一年春。"一番劳累之后,他们依偎在一起欣赏着自己的劳动成果,在绿叶红花中看到了寒食节之后又一个温暖宜人的春天。"绿云蔽日树轮囷,成阴结子后,记取种花人。"一起种下海棠花还只是一个开始,他们还能一起迎接一个又一个春天,一起看着海棠树茁壮成长,绿叶成荫,繁花盛开,子满枝头。

这不仅仅是几株普通的海棠花,更是他们幸福爱情的见证。

其实,海棠花作为见证太清爱情的重要意象,并不仅仅出现在这首《临江仙·清明前一日种海棠》词,在奕绘和太清的诗词集中,海棠花频频出现在他们婚姻生活的各个阶段,以海棠为主题的夫妻唱和也极为频繁。荣王府太平湖邸中观古斋、得一龛、天游阁前,到处种有海棠,可见他们对海棠的情有独钟。

就在太清写下这首《临江仙·清明前一日种海棠》词差不多的同时,丈夫奕绘也写下了一首《恋绣衾·海棠》词:

> 海棠未开颜太娇,碎春心,随风荡摇,莫道开时更好,正愁人一片粉飘。　夜深自起移灯照,影玲珑,丰韵最饶。待到花飞子结,尚思量红萼翠翘。

"海棠未开颜太娇""莫道开时更好,正愁人一片粉飘",描绘的正是海棠花尚未盛开、含苞待放的娇羞模样;"夜深自起移灯照,影玲珑,丰韵最饶"①分明显现出奕绘对海棠花的偏爱,深夜时分都忍不住高举灯烛细细欣赏;而"待到花飞子结,尚思量红萼翠翘"也与太清"成阴结子后,记取种花人"的句子相映成趣。

这一年三月,太清和奕绘除了分别写有《临江仙》和《恋绣衾》咏海棠词外,太清还写下了《海棠春·海棠》②词:

> 扶头怯怯娇如滴,照银烛、千金一刻。叶补翠云裘,花

---

① 典出苏轼《海棠》诗:"只恐夜深花睡去,故烧高烛照红妆。"
② 《海棠春》,词调名,秦观《淮海词》因词有"试问海棠花,昨夜开多少"句,故取作调名。

缀胭脂色。　华清浴罢疑无力,更生受、东君护惜。亭北牡丹花,试问谁倾国?

词中"扶头怯怯娇如滴,照银烛、千金一刻"显然与奕绘《恋绣衾》词中的"夜深自起移灯照"彼此呼应,"华清浴罢疑无力,更生受、东君护惜"将楚楚动人的海棠花比作是华清池温泉浴后娇弱无力的杨贵妃,连太阳神——东君都要格外怜惜她、呵护她。太清在词的结句甚至不无自豪地反问了一句:如此倾城倾国的美色,即便是牡丹花与之相比,恐怕也要自惭形秽了吧!

不知在潜意识中,太清是否也会以海棠花自拟?她自信于倾国倾城的才貌,自信于自己对丈夫一往情深的爱恋,也深深感动于丈夫对自己如"东君"对海棠花一般的格外怜爱、呵护。她对海棠花的珍惜一如对这份来之不易的爱情的珍惜,她希望这份爱情能够海枯石烂,能够天荒地老。

太清是如此,奕绘对这段婚姻的态度,又何尝不是如此。奕绘道号太素,妻子就取道号太清;奕绘的词集名《南谷樵唱》,妻子的词集就取名《东海渔歌》;妻子种下海棠,夫妻便以海棠为题再三唱和……他们生活中的一切一切,都紧密联系在一起,仿佛是同一个人一般,水乳交融,心心相连。

太清是这个世界上最幸运的女子,因为她赢得了一个最优秀的男人的最优秀的爱情。因此即便这段婚姻只持续了十五个年头，在太清的回忆中，这十五年的婚姻，就是她整个的一生。

道光十八年（1838）七月七日，奕绘贝勒逝世，这一年，奕绘和太清都是四十岁。

奕绘的去世，成为太清人生的又一个转折点，甜蜜的婚姻生活戛然而止。太清还未从丧夫的剧痛中缓过来，紧接着就遭遇了激烈的家庭矛盾。太福晋本来就不满意太清罪人之后的身份，只是因为奕绘的坚持才松了口。太清入府后无论是侍奉婆婆与妙华夫人，还是主持家务善待嫡生子女，尤其是对奕绘的照顾体贴，都表现得无可挑剔，太福晋才渐渐接受了这个儿媳。可是奕绘一走，在太福晋看来，家庭矛盾立时浮出水面，而且不可调和。妙华夫人所出嫡长子载钧因早年丧母，府中诸事均由太清主持，太福晋生怕侧福晋太清庶出的儿子载钊无端生出"夺嫡"的非分之想。

为了维护嫡长子载钧的继承权，太福晋宣称庶出的载钊出生日子不吉利，有"克父"的嫌疑：奕绘去世于七月七日，而这一天恰好是太清长子载钊的生日，于是这一极其偶然的巧合成了嫡庶矛盾的直接导火索。太福晋以此为理由，将太清和所生子女赶出荣王府。载钊的生日从此也改为了七月九日。

太清母子被赶出王府的那一天是道光十八年（1838）十月

二十八日，离奕绘去世不过三个月，丈夫尸骨未寒，妻子太清的人生已是天地变色，阳光不再。

不知她离开王府的那一天，可曾留心看过天游阁前他们夫妻亲手种下的海棠是否已憔悴凋零？

太清的中晚年，没有了奕绘贴心的陪伴，海棠花却依然是她的心头挚爱。奕绘去世之后，太清还曾写过一首《减字木兰花·春雨次韵》词：

柳丝长短，约住春阴人意懒。夜雨凄凄，不许催归杜宇啼。　　清明时候，料峭清寒偏迤逗。九十春光，花信才传到海棠。

依然是清明时候，依然是杨柳依依的春天，可是太清却"约住春阴人意懒"，没有了最爱的人在身边，她丝毫提不起踏春的兴致，只是独自聆听着窗外凄凄的风雨声，倾听着杜鹃鸟儿悲悲切切的鸣叫声："夜雨凄凄，不许催归杜宇啼。"杜宇也就是杜鹃鸟儿，相传杜鹃是古蜀国望帝杜宇的化身，因国亡身死而悲鸣啼血，鲜血甚至染红了漫山遍野的杜鹃花。因此杜鹃啼血一旦出现在古典诗词中，往往就是凄切悲苦的象征。明明已是暮春三月，可是太清听到的只有杜鹃悲啼，感受到的只是料峭春寒，"清明时候，料峭清寒偏迤逗",仿佛温暖的时光迟迟不肯到来。

"九十春光,花信才传到海棠"。春季三个月足足九十天,"九十春光"的意思就是春季的九十天都快要过完了,海棠花季却迟迟没有来临。

其实,并不是海棠花信比往年姗姗来迟,而是太清寥落凄苦的心绪投射到了自然景物上,连海棠花也蒙上了一层浓厚的悲情。海棠花季本就应是在清明前后,往年的这个时候,海棠花开意味着明媚温暖的春光,意味着"明朝寒食了,又是一年春";可是此刻,形单影只、衰老迟暮的太清感觉一切都是那么凄凉,连海棠花仿佛都深深怜惜着她的清苦寂寞,迟迟不肯绽放出娇美的笑靥。

是的,与往年相比,海棠花季并没有什么变化,变化的只是太清的心境而已。太清被赶出荣王府后,曾暂时租住到西城养马营。虽不至于流落街头,缺衣少食,可是生活境况与从前相比不啻天壤之别,她甚至不得不经常当掉一些贵重的衣服首饰来维持孩子们的生活。太清写过一首诗,从诗题就可以看出他们一家生活的凄惶困顿:《七月七日先夫子弃世,十月廿八奉堂上命携钊、初两儿,叔文、以文两女移居邸外,无所栖迟,卖以金凤钗购得住宅一区,赋诗以纪之》。太清卖掉了珍贵的金凤钗,才能买下一处合适的住处,从养马营迁居到西四砖塔胡同房。刚刚经历丧夫之剧痛，又承受着被驱逐的巨大屈辱，可想而知太清此时的心境该是何等悲凉。

然而即便生活如此多磨难，太清身上依然延续着贵族知识女性的从容优雅，她的才情与气质就像一个巨大的磁场，吸引着当代的名媛名士们与之唱和往来，围绕在她的周围，形成了一个类似于文化沙龙的"朋友圈"，无数经典诗词作品诞生在这个文化沙龙中，创造了清代词坛的一段佳话。然而，也许只有太清知道，无论她的生命中还能邂逅多少优秀的名士才子，还能创作多少精彩的诗词名句，但再没有人可以替代奕绘，再没有人可以像奕绘那样向她奉献全部的爱情和尊重，再没有人能和她一起让那些清词丽句从心底汩汩流出，无须刻意雕饰，却承载着一份天然醇厚的情感。她将这份回忆深藏在心底，就好像清明时节的海棠花，所有的美丽，都只为她和奕绘盈盈开放。

这样的岁月一直持续到太清五十九岁那年。咸丰七年（1857）六月十六日，奕绘与妙华夫人的嫡长子固山贝子载钧去世，年仅四十，袭爵二十年。载钧无子，按清朝惯例，以奕绘与太清的长子载钊的儿子溥楣入嗣，袭爵镇国公。七月，溥楣迎祖母太清夫人重入荣府。这年十二月，太清次子载初也被封为辅国将军，赏二等侍卫。

时隔二十年，太清再一次入住荣王府，而且，这一次身份更为尊贵,荣王府也依旧富贵煊赫。然而,在太清眼中,物是人非的荣王府是否还能再如当年那般令她感到温暖?天游阁庭院中的海棠花是否还能如当年那般带给她春天的欣喜?

无论如何,令人略感欣慰的是,历经嘉庆、道光、咸丰、同治、光绪五朝的太清,虽然一生经历过太多的波折磨难,但几个子女在她的精心教养下,成年后都颇有出息,晚年也老有所养。清德宗光绪三年(1877)十一月初三,七十九岁的太清去世,与奕绘合葬于大南峪。"入谷惟闻春草馨,苍苍松桧护佳城。"不仅大南峪的苍苍松桧见证着奕绘与太清天荒地老的爱情,一年一度的清明节,"绿云蔽日树轮囷,成阴结子后,记取种花人",荣王府天游阁前脉脉绽放的海棠花,也仍然在幽幽诉说着奕绘与太清当年的旷世绝恋。